非接触の恋愛事情

短編プロジェクト 編

集英社文庫

CONTENTS

非接触の恋愛事情

拝啓コロナさま

相沢沙呼

拝啓、コロナさま。

いかがお過ごしでしょうか。

わたしの方はといえば、あなたさまのおかげで、ほそぼそと生きていくことができています。

本当に、あなたはまるでかつてのわたしのようですね。

ただ存在しているだけで、すべての人々から嫌悪されて、触れた指先を徹底的に消毒されてしまう。どうあがいたって、他の誰かと笑い合うことなんてできるはずもない存在であることに、わたしは深い同情すら感じてしまいます。

わたしたちの世界は、あなたが来てからというもの、一変してしまいました。

けれども、わたしという人間は、あなたの存在にとても深く感謝しているのです――。

＊

やばい文章だな。

心の赴くままに書き殴ってみたその作文は、一言で表すならそんな感じだった。

どう見ても頭がおかしい人間が書いているとしか思えない。鴨田先生の急な体調不良のせいで、現代文の授業は感染症予防対策意識に関する作文だった。もちろん、文章表現力が皆無だと自覚しているわたしが授業中にそれを完成させられるわけもなく、こうして部室にひきこもり、原稿用紙を手汗で湿らせ続ける事態に陥ってしまっていた。今日中に提出すれば問題ないらしいけれど、流石にこの内容は怒られるような気がするし、誰かに見せるような気にもなれない。だとすると、やっぱり書き直すしかないだろう。でも、いったいどんなことを書けばいいのか。試行錯誤を重ねても、結局のところ、例の新型ウイルスくんに対するわたしの感情は、この一言に帰結するような気がする。

あなたの存在に、とても深く感謝しているのです――。

「朝陽、なに書いてるの？」

肩越しに届いた声に、わたしは身体を強ばらせた。

「うわ」

という悲鳴もついでに飛び出しそうになったけれど、それはマスクに遮られて、くぐもった声を発するだけに留まった。

わたしは原稿用紙をくしゃくしゃに丸めながら、荻野先輩に向き直った。

この狭い部室に音もなく入り込んできた彼女は、わたしが丸めている紙が気になるんだろう。お洒落な花柄模様が施された不織布マスクの上にある、大きな眼をぱちくりとしばたたかせ、じっとわたしの手元を見つめている。わたしは長机にのせていた鞄を引き寄せると、その中に原稿用紙を放り込んだ。ゴミ箱に捨てたら回収されてしまう可能性があるからだ。

わたしは勢い込んで言う。

「ただの宿題です。気にしないでください」

「ふうん」

先輩は不思議そうに首を傾げた。この暑さでもサラサラを保っている長い髪が、肩からすべり落ちていく。彼女は追及を避けてくれたらしく、肩に携えていた鞄を長机に置きながら言った。

「一人でいるときくらい、マスク外したら？　暑くない？」

「油断は禁物です。音もなく部室に入ってくる人がいますし」

「人を病原菌みたいに」

「先輩だけが特別じゃないです。ウイルスは、誰でも等しく保有している可能性があります」

「そうかなぁ」

「そうですよ」

ふぅん、と声を漏らしながら、先輩はわたしの隣に腰を下ろす。そのせいでわたしの身体はびくりと震えてしまう。いくらこの部室が狭いからと言って、長机を囲うように置かれているパイプ椅子は、わたしの隣の他にいくらでもあるのだから。

いつものことではあるけれど、なかなか慣れてくれることはない。わたしは身体を震わせながら、飛び上がる。

「ソーシャル・ディスタンス！」

必殺技を叫ぶみたいに言いながら、わたしは先輩から離れた場所の椅子に移動した。

「えぇえ、いいじゃんさぁ」

先輩はちょっとうんざりとしたように眉尻を下げる。

それを見て、わたしは慌てて言いつくろった。

「その、先輩じゃなくて、もしわたしが感染していたら、申し訳ないですし」

「感染してるの？」

「してないとは思いますけど」

「じゃあ、いいじゃん」

「よくないですよ」

「世知辛い世の中だなぁ」

「もうそういう世界なんですよ」

先輩は大きな瞳をきょろりと動かした。マスクで目元しか表情はわからないけれど、もしかしたら唇を尖らせるくらいはしているかもしれない。こういう仕草を見ると、わたしなんかとは違って、きっと表情が豊かな人なのだろうなと感じる。どんなクラスにも、愛嬌のある表情と仕草で周囲を笑顔にさせられる人というのは存在すると思うのだけれど、彼女もきっとそんな一人なのだろう。少し前に校庭で見かけた先輩は、多くのクラスメイトに囲まれていて、みんな楽しそうだった。

けれど、わたしは彼女がマスクを外しているところを見たことがない。

一年も一緒にいるのに、奇妙なことかもしれないけれど。

もう、そういう世界になってしまったのだ。

なんとなく、美人さんなんだろうなとは思う。長い睫毛は、よくよく観察するとマスカラがのっていて、メイクをするタイプの人なんだなというのがわかる。可愛くて、おしゃべりで、人気者。わたしとはまるで違う種類の人間。

きっと世界が一変することがなければ、知り合うことなんてなかった。

「わたし、宿題をするんで」

先輩にそう断ってから、わたしは長机に向かって予備の原稿用紙を広げた。当たり障りのないことを書いておけばいいだろうと思って、シャーペンを走らせる。

ときどき行き詰まって眼を上げると、先輩が戸棚から取り出した雑誌をぺらりと捲って読んでいる。退屈そうに読んでいるふうにも、真剣に読んでいるふうにも見える。表情がわからないというのは、やっぱり不便だった。読んでいる雑誌は、もう休刊になってしまった女子向けの写真雑誌で、今更ながらここが写真部の部室なんだなということを思い出させてくれる。

写真部は、もう長いことまともな活動をしていない。学校の方針で、文化系の部活は活動の自粛が要請されているためだった。もっとも写真部の活動というのがどんなものなのか、わたしはよく知らない。顧問の笹岡（ささおか）先生いわく、みんなでカメラを携えて散策しながら街の写真を撮る、という活動があったらしいけれど、それも長いことできていないらしい。外を歩いて写真を撮るくらいなら、運動部と同じで活動を認めてもらっても良さそうなものだけれど、文化部だからと一括り（ひとくくり）にされてしまった結果なのだろう。かといって、そうした方針に異議を唱えるほど意欲的な生徒は写真部には存在しないらしい。実際、わたしは荻野先輩以外の部員と会ったことは数えるくらいしかない。部員のみんなは、あの哀れなウイルスを恐れて、そそくさと帰宅してしまうのだろう。

わたしはといえば、他の部員と同じようにまったく活動に意欲的ではないばかりか、カメラなんて触ったこともなければ、写真に興味を持ってもいない人間だった。高校生になってすぐの頃、日直の仕事で職員室を訪れていた際に、新入部員を探していたという荻野先輩に捕まってしまったのが切っ掛けだった。鴨田先生が、この子はまだどの部活にも入っていないからうってつけだよ、なんて荻野先輩を唆したのである。まるで誘拐されるみたいに、あれよあれよという間に入部届を書かされていたのだから、なにか妙な催眠術でもかけられていたのかもしれない。廃部の危機を乗り越えるために名前だけでも、という話だったのだけれど、わたしはこの部室の狭苦しさをいつの間にか気に入ってしまっていたらしい。あれからもう一年経つことに、なんだか驚いてしまう。

「朝陽はさ、どんな写真撮りたい？」

そんなことを考えていたら、雑誌を捲っていた先輩が、そう聞いてきた。

ちょっと驚いたものの、わたしはシャーペンを指先で回転させながら即答する。

「幽霊部員なので、そういうのはないです」

「ええぇ」

先輩は恨みがましそうな眼をわたしに向ける。

「カメラ、先生が貸してくれるよ？」

「名前だけでいいって言ったのは、先輩じゃないですか」

「そうだけれどさ……」先輩は首を傾げる。「朝陽、部室に来るじゃん」

「それは」

確かに、そう言われてしまうと弱い。

けれど、どうして部室に来るのか、と聞かれたわけではないから、まだましというものなのかもしれなかった。

「先輩は、どういう写真が撮りたいんですか」

先輩は写真家になりたいらしいのだけれど、一口に写真といってもいろいろなジャンルがあるんじゃないだろうか。わたしが話題の矛先を変えるためにそう質問すると、先輩もわたしと同じように即答した。

「可愛い女の子」

「ええ……」

わたしのげんなりとした声が、マスク越しに漏れる。

それは冗談だけれど、と先輩は雑誌のページを捲りながら言う。

「まぁ、なにを撮るにせよさ、この世の中じゃなぁ」

なるほどとわたしは頷く。街中の景色を撮ることくらいはできるかもしれないけれど、旅行に出かけたりするのは難しいだろう。

「いいかげん、コロナ終わらないかなぁ」

先輩はうんざりしたみたいに天井に向けて喉を反らした。

早く、以前の世の中に戻ってほしい。普通の人たちは、みんなそう考えているんだろう。

その言葉には頷かずに、ほとんど埋まっていない原稿用紙へと眼を落とした。

わたしは、その先輩の願いには、決して同意できないのだから。

*

ただそこに存在するだけで、嫌われてしまう人間というのがいる。

わたしはそういう人間だった。笑い方が気持ち悪いとか、陰気な空気に怖気立つとか、話している内容がつまらないからとか、みんなの言う理由は様々で、どうにも釈然としないけれど、小学校、中学校と、とにかくクラスの中に存在するだけで疎まれ続けた。ただ生きているだけで、顔を顰められ、眼を背けられて、わたしが触れたものは汚物として扱われた。

アサヒ菌、というのが誕生したのが、小学校三年生だった頃のこと。

クラスの男の子たちが言うには、わたしは呼吸をするだけで、それを振りまいてしまうらしい。わたしが手にしたものに触れたり、同じ空気を吸ったりすると、たちまち陰気が伝染り、そのおぞましさで死に至るのだという。だから、朝に登校して教室に入ると、みんなはたちまち悲鳴を上げてわたしから遠ざかった。

もし、わたしとすれ違って、肩でも触れてしまおうものなら、みんなは大騒ぎだ。だって、早くアサヒ菌を他の人間に伝染さないと、菌によって死に至るのだから。

わたしに触れてしまった男の子が、慌てて別の男の子にタッチする。それで菌は伝染って死から逃れられるのだという。けれど負の連鎖は止まらない。伝染された男の子は、別の女の子の服に掌を擦りつけて、絶叫が上がる。うわぁ、ばっちぃ！　死んじゃう！　やめてよぉ！　早く逃げてぇ！　教室は大混乱に陥り、女子たちは廊下の洗い場に駆け込んで、それぞれ競うようにごしごしと石鹸で手を消毒する。

　このアサヒ菌は、どういうわけか大人がいると効力が失われるらしく、先生が教室に存在する間は誰も感染を気にしなかったけれど、ひとたび彼らが教室から去ると、わたしのまき散らす死の菌によって、教室のみんなは顔を顰め、鼻を摘まみ、笑いながら逃げ出していくようになる。

　このアサヒ菌の蔓延は、いくつかの波があったものの、五年ほど続いたような気がする。中学二年生のとき、何度目かのアサヒ菌流行の際、病原菌たるわたしという存在がとうとう耐えきれなくなって学校に通えなくなることで、ようやく世界は流行病の恐怖から解放されたのだ。菌の撲滅。人類の勝利である。教室に笑顔が戻るようになった。

　めでたしめでたし。

　なにが原因だったのかはよくわからない。

　みんなの言う通り、わたしの陰気くさい表情が悪かったのかもしれない。鏡の前に立って、繰り返し笑顔の練習をしたけれど、みんなとなにが違うのかはよくわからなかった。とにかく、生きているだけで嫌悪される人間というのは、存在する。

高校に通えることになったとき、わたしの心を占めていたのは期待よりも不安だった。田舎（いなか）だから、同じ中学校の人間と出くわす可能性は高く、再びアサヒ菌が蔓延するのではないかとわたしは恐れていた。もう高校生なのだから、そんな幼稚な遊びが流行るはずなんてないと、眠れない夜に毛布へくるまって、何度自分へと言い聞かせただろう。

それでも、もしみんなの言うことが本当だったらどうしよう。アサヒ菌の存在なんて関係なく、わたしという人間に問題があって、この陰気くさい表情とか、笑い方とか、そういうところに原因があったのだとしたら、アサヒ菌のことを知らないクラスメイトたちも、わたしのことを避けるようになるんじゃないだろうか。

わたしの顔を見て、みんなが顔を顰める日々がまた始まるんじゃないだろうか?

いっそ本当にみんなを死なせる力があればよかった。

世界なんて滅んでしまえばいい。

わたしの放つ瘴気（しょうき）で人類を滅ぼしてしまえば、もうこんな不安を抱くことなんてない。みんなが不快そうに顔を顰めて、必死になって水道で手を洗わなければならないこのアサヒ菌に、本当にみんなを殺す力があれば良かった。そうしたら、明日を恐れることなんて、もうなくなるはずだったから。

でも、わたしの願いは、いつの間にか奇妙なかたちで結実していたらしい。

あの冬、世界は一変してしまった。

みんな、アサヒ菌なんていう小物に構っていられなくなるくらい、正真正銘に恐ろしい世界の脅威のせいで、てんてこまいになっていたのだろう。漫画やアニメで憧れていた高校生活なんていうものは、もうこの世のどこにも存在していない。

わたしは、みんなに散々陰気だと罵られてきたこの表情を、マスクで覆い隠すことができる。そのことに、誰も疑問を抱かない。当たり前だ。もうみんなマスクを付けていて、そうではない人間の方が非常識な世界なのだから。

だから、もう誰もわたしのことを見て顔を顰めたりはしない。笑い方が気持ち悪いとか、陰鬱な空気が怖気立つとか、そんなことを言う人はもう誰もいない。アサヒ菌で散々騒いでいた同じ中学校出身の子たちも、もっと恐ろしいウイルスを目の前にして、あの菌の存在なんて忘れ去ってしまっていた。

世界に恐ろしい脅威が蔓延する代わりに、わたしを襲う脅威は呆気（あっけ）なく消えてしまった。

だから、わたしがこうして無事に高校生をしていられるのは、みんなが忌避するあのウイルスのおかげだ。そしてわたしは、ただ存在するだけで嫌われてしまうコロナウイルスに、少しだけ同情してしまう。そりゃ、菌とウイルスは違うかもしれないけれど、わたしくらいはあの厄介者の気持ちを理解してあげたい。

拝啓コロナさま。
あなたのおかげで、わたしは今日も生きていられます。

＊

今日の現代文も自習時間だった。

鴨田先生はいったいどうしてしまったんだろう。流石に二日続けての休みとなれば、噂(うわさ)を囁(ささや)く生徒たちの姿も散見された。曰(いわ)く、鴨田先生は新型コロナに感染してしまったんじゃないかって。もしそうだとすると、先生が受け持っているわたしたちのクラスはどうなるのだろうと心配する声もあった。あたしたち、濃厚接触者になるんじゃないの。冗談じゃないんだけれど。早く検査受けた方がいいんじゃない？　陽性だったらどう責任とってくれるわけ？　まぁまぁ、うちら十代は軽症で済むらしいからいいじゃん。

鴨田先生の容体を心配する声は微塵(みじん)もなく、みんなは感染を恐れていた。その反応は当たり前なのかもしれないけれど、かつてみんなを恐怖させたアサヒ菌の元凶たるわたしは、どうしても居たたまれない気持ちになってしまう。鴨田先生だって、好きでみんなに病気を伝染したいわけじゃないのに。それに、まだコロナだから休んでるって決まったわけじゃない。

　けれど、とわたしは思う。

「鴨田先生って言えばさぁ、あたし、この前職員室で変なオバサンを見かけて……」

　教室の誰かが囁いた言葉に、わたしは意識を傾けていた。その話に、心当たりがあったからだ。わたしもそれを見ている。というより、むしろ関わっていると言えるのだから。

　先週のことだった。帰宅するために昇降口を出たところ、妙なおばさんに声を掛けられた。職員室に行きたいから、案内しろという。どこか傲慢さを感じる口調以上に不審を抱かせたのは、そのおばさんがマスクをしていない点だった。このご時世、わざわざ学校にまで来たのにマスクをしていないというのは奇妙に思えた。厄介な人に捕まったなと思いながらも、わたしは職員室までそのおばさんを案内した。対応してくれた鴨田先生に任せて、わたしはそそくさとその場を離れた。そのおばさんが、マスクをしていないにもかかわらず、大声で喋（しゃべ）っていたからだ。

「そのオバサンに、伝染されたんじゃね？」

　誰かが、そんな噂を呟（つぶや）いている。

　まさか、とは思う。けれど、万が一……。

　自習中の教室は、そんな囁き声で満ちていた。みんな与えられたプリントをこなすために視線を下に向けているし、マスクで口元が覆われているから、いったい誰が話しているのかよくわからなくて、それが少しだけ不気味に感じられる。

囁き声に耳を傾けていたら、スカートのポケットの中でスマートフォンが振動した。わたしはポケットの中に辛うじて収まっているそれをどうにか引っ張りだし、通知を確認する。こういうとき、先生の目を気にしなくていいのは助かるなと思う。

それはグループメッセージの通知だった。

仲の良い友人たちで作ったグループ。

わたしは思わず、斜め前にある席に眼を向けていた。

メンバーの一人である彼が、くしゃりと眼を細めて、わたしを振り返った。

澄川（すみかわ）くん。

たぶん、彼は笑ったのだと思う。

目元だけしか見えないから、よくわからない。

わたしは、どんな顔をしたらいいかわからなくて、そしてどんな顔をしたところでマスクで見えないだろうということに気がつき、頷いた。頷くだけで、手元のスマホに眼を落とすことしかできない。素っ気ない態度だと思われてしまったらどうしようと、顔が熱くなる。

澄川くんと初めて会話をしたときのことは、よく覚えている。一年生になったばかり、オンライン授業の期間を終えて、ようやく初めて教室での授業が開始されたときのことだった。あのとき、彼とは机が隣同士だった。挨拶を交わしたわけでもなく、あの日のわたしは彼の名前を知らないくらいだった。休み時間に、近くの男の子とよく喋っていて、能天気そうな男の子だなと感じていたように思う。もうなんの授業だったかは忘れてしまったけれど、彼が消しゴムをかけてノートの文字を消しているのが、視界の片隅に映っていた。勢いが余ってしまったのか、その消しゴムが彼の指先から飛び出して、落下していく。

床で跳ねた消しゴムは、わたしの上履きの爪先に当たって落ちたらしい。

そのせいで、わたしは反射的に椅子を引いていた。

ごく自然に消しゴムを拾い上げて、隣の席の彼に返そうとする。

そのとき、はたと思い至って、血の気が引いた。

あの恐ろしい瞬間のことは、よく覚えている。

コロナという脅威を前にして、わたしは油断してしまっていたんだろう。

自分を勢いよく呪いながら、どうしようどうしようと混乱していた。

アサヒ菌が付いた手で、彼の消しゴムを触ってしまった、と思ったのだ。

もし、彼が、アサヒ菌のことを知っていたら？　わたしと同じ中学校の人間たちの噂を聞いていて、アサヒ菌を忌避していたら？　せっかくコロナとマスクのおかげで何事もなく教室に溶け込めそうだったのに、どうしてこんな失敗を。わたしの脳裏には、小学校の頃の記憶がフラッシュバックしていた。あのときもまったく同じように、近くの席の女の子が落とした消しゴムを拾って渡そうとしてしまったのだ。あのときの女の子は、わたしが手にしたお気に入りの消しゴムを見て、ぽろぽろと涙を零した。泣きじゃくり、どうしてどうしてと罵った。どうしてそんな汚い手で触るの。もう二度と使えないじゃない。お気に入りだったのに！　加勢する女の子たちも、わたしを罵っていく。朝陽が泣かした！　謝って！　謝りなさいよ！　アサヒ菌のくせに！　どうしてそんな酷いことをするの！　謝れ、謝れ、謝れ……。教室中の大合唱が耳に甦り、わたしの意識が遠のいていく。

「お、ありがと！」

だから、あまりにも気兼ねなく発せられたその声に、あのときのわたしは呆然としていたように思う。

「大丈夫？　具合悪いの？」

固まってしまったわたしのことを、不思議に思ったのだろう。消しゴムを受け取った彼は、眉根を寄せながら、そう聞いてきた。はっとして、わたしはかぶりを振った。ううん、なんでもないの、という声は、ぼそぼそと聞き取りにくいものだったかもしれない。高校生になって、クラスメイトと会話をしたのは、あのときが初めてだった。

だからというわけではないのだろうけれど、そのときから、わたしは気が付けば澄川くんの姿を眼で追いかけるようになっていた。男女分け隔てなく、明るく話しかける彼に、名前を覚えてもらえるようになるまで、時間はほとんどかからなかった。だから、初めて交換した男の子のラインは、澄川くんのものだった。

　グループメッセージのチャット欄に眼を落とす。

　話題は、今月に近場で行われる予定の夏祭りに関するものだった。廊下側の席で課題をしているはずのアイちゃんが、スタンプを交えて、行きたいよう、と半泣きで呻いている。澄川くんはそれに対して、中止にならないように祈ろうか、と答えていた。わたしは、ただ一言、「そうだね」と退屈な文章を打って返す。けれど、どうだろう。いくら田舎の小さなイベントであっても、開催は難しいだろうと、わたしは考えていた。もう高校生が遊びに行ってもいいイベントなんて、この世界のどこにも存在しないような気がする。

　それに、とわたしは澄川くんの背中を眺めながら考えた。

　たぶん、わたしは中止になってほしいのだと思う。

　それはべつに、イベントの類に行って、自分が感染してしまうのが怖いから、というような感情から来るものではないのだ。

　現代文の授業が終わり、お昼休みの時間が訪れた。これから、世にも奇妙な昼食時間が始まる。みんなが一斉に前を向いた状態で、持ち込んだお昼を食べるのだ。普段は担任の鴨田先生がやって来て、みんなが机を寄せ合ったり、必要以上に会話をしないように眼を光らせているけれど、今日は監視の眼がない。それでも、みんなはいつも通りに決まりを守って、お葬式ムードのお昼ご飯をとるらしい。もちろん、高校生になったばかりの頃、教室のみんなはその対策に不満を示していた。鴨田先生は一年生のときにもわたしの教室の担任で、あの頃、不服そうにしている生徒たちに向けて、こんなことを言っていたように思う。

「せっかく高校生活が始まったばかりだっていうのに、みんなに窮屈な方法を押し付けて本当に申し訳ないと思う。けれど、ほんのしばらく我慢してほしい。先生たちも頑張るから、みんなで協力して、この危機を乗り越えよう」

けれど世界の危機は、ほんのしばらく、という期間では去ってくれなかった。みんな、最初は自分たちが辛抱していれば、やがて世界の脅威は自然と去ってくれると誰もが考えていたように思う。だから鴨田先生の言うとおりに一致団結して、友達や大切なひとを傷つけたりしないよう、頑張ることができたんだろう。

けれど、今はどうだろう。

みんな、不満を大きくするのを通り越して、なんだかこの状況に慣れてしまっているようにも見える。まるでずっと大昔から、高校生はみんなして黒板の方を向きながら、黙って食事をするものなんだというふうに。

それはなんてディストピアだろう。

わたしはお昼ご飯を持ち込んでいないので、教室ではなく食堂で昼食を食べる。だから、みんながお葬式ご飯と揶揄するようになったこの昼食には参加することがなかった。感染を恐れる子が多いのだろう。この学校では、食堂でご飯を食べる生徒はどちらかといえば少数派だった。

「朝陽」

教室を出て行こうとしたときに、アイちゃんに声を掛けられた。

わたしは、なに、と声を漏らしたけれど、相変わらず小さな声しか出てきてくれなくて、くぐもったそれはマスクに遮られてしまった。けれど、視線を向けたことはわかったのだろう、アイちゃんは近付いてくると、大きな瞳でわたしのことを覗き込んでくる。

「ねぇ、お昼って、まさか写真部のあの先輩と食べてるわけじゃないよね？」

「荻野先輩のこと？」

どうしてそこで先輩が出てくるのか、少し不思議に思った。先輩とアイちゃんには、まったく接点がなさそうなのに。

「違うよ。一人で食べてる」

「そう。ならいいんだけれど」

「どうして？」

「いいの。ごめん、気にしないで」

アイちゃんは、わたしの疑問を置き去りにして席へと戻ってしまう。

わたしは首を傾げながら、食堂へと向かった。

そこもやはり、教室で行われるお葬式ご飯に負けず劣らず、奇妙な空間だった。

食堂のすべてのテーブルを、白い壁が横断していた。

パーティションである。一分(いちぶ)の隙もないよう一人分の区画を作るようにして、真っ白なパーティションが全席に設置されているのだ。わたしは食券を買って定食を注文し、それをのせたトレイを手に隅っこの席に陣取った。

目の前に聳(そび)えるのは、白い壁だ。前も横も壁に遮られていて、なんの景色も望めない。息苦しい空間だった。食堂で耳に届くのは、小さな囁き声だけ。すべての席がこうなっているので、誰かと一緒に食事をしようとしても、お互いの顔は見えないようになっている。

教室で会話することを禁じられながら、前の席に座っているクラスメイトの背中を眺める食事と、ここで多少の会話を許されながらも、聳え立つ壁に息詰まる食事と、どちらが幸せなのだろう。どちらにせよ、わたしは後者を選ぶしかない。

ここでなら、気兼ねなくマスクを外すことができるから。

誰も、わたしのことを見て、笑うことがない。

アイちゃんや、澄川くんたち。

写真部の荻野先輩。

わたしと親しくしてくれる人が増えても。

わたしはまだ、マスクを取るのが怖くて仕方がない。

自分がこの口から、他人を不快にする菌をまき散らしてしまうんじゃないかって。

想像するだけで、心臓が止まってしまいそう。

でも、ここでなら、わたしを見ているのは真っ白な壁だけだ。

どうして人間って、マスクを取らないと食事ができないんだろう。

昼食は、こうしてみんなとは別の場所で食べることができる。けれど、飲み物を口にするときだったり、みんなで遊びに行くときだったり、ごまかさなくてはならない機会は思いのほか多い。これまでは、外で食事をすることを親から禁止されているから、という理由で友人たちの誘いを断ってきたけれど、みんなはもうそろそろ、あの子は付き合いが悪いなと、誘うことすらしなくなってしまうだろう。もし、みんなでお祭りに行くことになったら、マスクを外すことは避けられないような気がした。だからといって、みんなが楽しみにしているイベントだ。せっかく誘ってもらえたというのに、断ったりなんかしたら、アイちゃんや澄川くんたちは、わたしのことをどう思うだろう。

もう二度と、一緒に遊ぼうって、誘ってくれなくなるかもしれない。

だから、わたしはもう少し、世界の脅威に頑張ってほしい。夏祭りが中止になれば、みんなからの誘いを断らなくてすむし、マスクを外さなくてもいい。ただ存在しているだけで嫌われてしまう自分を、隠し続けることができるのだから。

わたしは黙々と、ラーメンかなにかの汁が跳ねたらしき、白いパーティションの染みを見つめながら、昼食をとる。それが、わたしの青春の日々。大丈夫、みんなとは違って、こんなのは慣れている。アサヒ菌を蔓延させてしまった中学時代には、お昼ご飯はトイレの個室で食べていたのだから。

こんなの、みんなに嫌われてしまうことを思えば。

ぜんぜん、つらくなんてない。

＊

やはり、世界の脅威はわたしの願いを聞き届けてくれるものらしい。

ひょっとすると、わたしが世界なんて滅んでしまえばいいと願うことで、アサヒ菌は進化を遂げて、世界中に蔓延することになったのかもしれない。それは馬鹿げた妄想かもしれないけれど、ウイルスを生命体だと仮定するならば、存在するだけで嫌悪される彼らのことを理解してあげられるのは、わたしくらいのものだろう。

お祭りは中止になった。当然の判断だと思う。

それでもアイちゃんたちは無念そうに教室で不満をこぼしていた。もしわたしのせいなのだとしたら、それは申し訳ないけれど、マスクを取ってみんなに不快な思いをさせてしまうことを考えれば仕方がない。アイちゃんや澄川くんたちは、鬱憤を晴らすために、放課後はカラオケに行くという。みんなは優しいから、わたしのように付き合いの悪い人間にも声をかけてくれた。けれど、カラオケはダメだ。マスクをしたまま、みんなの前で歌うことなんてできないし、そもそも行ったことがない。お前の声が気持ち悪いんだよ、と言われたことのある人間としては、歌声を晒(さら)すなんて考えただけでもぞっとしてしまう。

「ごめん。今日は部活があるの」

「写真部?」

放課後にそう断ると、アイちゃんはまるでわたしのことを責めるみたいに眉を寄せた。

「文化部でしょ」

「そうだけど。ずっとなにもしないわけにはいかないから」

自粛を命じられている文化部であっても、先生たちの眼を盗んでこそこそと活動しているところは多いらしい。それでもアイちゃんは、怪しむように大きな瞳をじっとわたしに向けた。

「写真部はよした方がいいよ」

「え？」

「あの荻野って先輩とは一緒にいない方がいい」

意味がわからず、わたしは眼をしばたたかせて、睨むような眼をしているアイちゃんを見返す。どうしてそんな怖い眼をしているんだろう。

「どういうこと？」

わたしが問うと、アイちゃんは迷うように眼を彷徨わせた。マスクのせいで、彼女がなにを考えているのかよくわからない。廊下に出ていた葵ちゃんが戸口に顔を覗かせて、

「藍香ぁ、もう行くよぅ」と呼びかけてくる。アイちゃんは彼女に応えて手を振った。

「また今度話す」

アイちゃんは、廊下に出て行った。

いったいどういうことなんだろう。前にも似たようなことを言われたけれど、先輩とアイちゃんとの間に、なにがあるというのだろうか。

そのときと同じように、わたしは首を傾げながら部室へと向かった。本当は、カラオケを断るための嘘の口実だったから、部室に用事なんてなかったのだけれど、アイちゃんの言葉が気がかりだった。荻野先輩に会ったら、なにかがわかるかもしれない。あの

人は特に用事がなくても部室にいることが多い。

案の定、先輩は部室で漫画を読んでいた。家に帰って読めばいいのに、わざわざ学校に残るなんて不思議な人だ。あまり遅くなると電車が混んで感染のリスクだって上がってしまうのに。わたしがそのことを口にすると、先輩は漫画を閉ざして長机の上に突っ伏した。部の備品だと言い張っている小さな卓上扇風機の風が、先輩の髪を小さく揺り動かしている。

「家にはあんまり帰りたくないの」

「そうなんですか」

「そうなんだよ。親がいろいろとうるさいから」

「なるほど」

親子関係が良好ではないのだとしたら、なるべく帰りを遅くしたいものなのかもしれない。先輩は受験生なのだし、小言も言われることだろう。先輩は机に伏したまま大きな溜息(ためいき)を漏らした。

「元気ないですね」

そう声を掛けると、先輩は顔を上げて眼を大きくした。マスクをしているからよくわからないけれど、きっと甘えるような顔をしているのだと思う。

「聞いてよ朝陽ぃ」

「楽しみにしていた写真展がさぁ、中止になっちゃって……」

はぁ、とまた大きく呻いて、先輩は額を机の表面に押し付けた。

聞けば、先輩には好きな写真家がいて、その人が東京で開かれる予定の合同写真展に作品を展示するはずだったのだという。先輩は夜も眠れないほど浮き足だって楽しみにしていたらしいのだけれど、しかし、悲しいかな、このご時世である。世界の脅威には誰も勝てないのだ。

けれど、なんだか驚いてしまった。写真展を楽しみにして夜も眠れない、というのが普通の女子高生の趣味とは大きくかけ離れているような気がしたからだ。それだけ、先輩は写真に対して本気なのだろう。先輩は、ときどき撮った写真をわたしに見せてくれるけれど、なかなか新鮮な切り口で風景だったり日常の一瞬だったりを写しているように思える。けれど正直なところ、写真に関して素人のわたしには、それが巧（うま）いのか下手（へた）なのかはまるでわからない。

「前向きに考えましょうよ」わたしは先輩から離れた席に腰を下ろして言う。「今の時期に東京なんか行ったら危ないですよ。命拾いしたとでも思えばいいじゃないですか」

「そういう考えもあるかぁ」先輩は頭を動かして、今度は頬を机の表面に押し付けた。長い髪が机の縁から零れ落ちていく。「本当にコロナは厄介だな」

「聞いてますよ」

「わたしも、友達と行く予定だったお祭りが中止になっちゃいました」

「夏祭りかぁ。めちゃくちゃ残念じゃん」先輩は顔を上げた。悲しげに眉尻を下げて、わたしに眼を向ける。もしかしたら、慰めようとしてくれているのかもしれない。「花火とか浴衣（ゆかた）とか屋台とか、そういう高校生らしいイベントが、一網打尽ってことだよね。去年は文化祭もなかったし、どうせ今年もなくなるんだよ。そりゃあみんなさ、実る恋も実らなくなるよ。なんなんだよ、うちらの世代は呪われてるのか？」

　先輩は早口でそう捲（まく）し立てると、また机に伏した。

「こうして、我々の青春はコロナに奪われていくのだ……」

　呪う人間がいるのだとしたら、その正体はわたしかもしれないな、と思う。世界なんて終わってしまえば良いと願っていたら、本当にその通りになったのだから。

　わたしは、先輩の語る青春のことを想（おも）う。漫画やアニメで描かれるような、花火とか浴衣とか屋台とか、もしかしたら訪れたかもしれないその景色を、ほんの少しだけ夢想した。複雑な気分だった。世界の脅威がなければ、みんなはそれを楽しむことができたかもしれないけれど、わたしはどうだろう。世界の脅威があるからこそ、みんなと一緒にいることができる。澄川くんや、アイちゃんたち、そして先輩――。このマスクがなければ、きっとアサヒ菌が蔓延していたときのように、みんなはわたしのことを疎んだろうから。

世界が終わればいいとか。夏祭りが中止になればいいとか。きっと、そういう陰気なことを考えているから、それが表情に出てしまってみんなに嫌われるんだろう。さっきだって、先輩が楽しみにしていた写真展が中止になって良かったと考えてしまった。だって、今の時期に東京へ行くなんて危険すぎる。もし先輩がコロナに倒れてしまったら。そう考えるだけでも、わたしは気が遠くなる。澄川くんや、アイちゃんたちがそうなっても、それは同じだ。

こんなわたしに、やっとできた、わたしの友達。

「あぁ、写真展、行きたかったなぁ」

こちらの気も知らず、先輩は未練たらたらのようで、まだ悲しげに呻いている。

わたしは笑いながら言う。

「コロナは手強（てごわ）いですからね。あらゆるものが倒されちゃうんです」

「写真なんかの力じゃあ、太刀（たち）打ちできないか……」

先輩は静かにそう呟く。

当たり前だ、とわたしは思う。

カメラを構えたところで、ウイルスを撃退できるわけじゃないんだから。

「いや、そんなことないでしょ！」

けれど、先輩は自分で自分の言葉を勢いよく否定した。

がばりと身を起こして、よくわからない身振り手振りを交えながら、わたしに訴えてくる。

「そんなことないよ朝陽！　写真は世界を救うよ！　コロナも倒せる！」

「なんなんです急に」

わたしはちょっとびっくりして身体を椅子ごと後退させる。

「だって、こんなご時世だから、みんなどこへも出かけられないわけでしょう！　それでも、みんなが行きたい場所の美しさを伝えられるのが写真だよ！　会いたい人の笑顔を届けられるのが写真だよ！　写真があるからみんなはコロナを耐え忍ぶことができる！　つまり写真最強じゃん！」

先輩は世界の脅威に自分の愛する写真が屈するのが我慢ならないらしい。

「なんか屁理屈ですね、それ」

「大事なことだよ！」

訴えがわたしに対して響かなかったのがショックだったのかもしれない。先輩はマスク越しとはいえ、わたしに飛沫感染させられるのでは、というくらいの大声を上げた。

それを自分でも自覚したのか、彼女は口元を両手で押さえると、声量を小さくして言う。

「大事なことだよ」大事なことなので、二回言ったのだろう。「わたしには医療の知識がないから、そういうところで闘って、コロナを倒したいよ」

先輩は長机に置いていた漫画を手に取り、それをふらふらと振りながら言葉を続ける。

「こういうエンタメ作品も、同じだよ。みんなどこにも出かけられなくて、ストレスが溜まって、日常にイヤになっちゃうけれど、こういう面白い話があるから、明日も頑張ろうってなるわけじゃない？」

世界の脅威と最前線で闘っているのは、医療の現場にいる人たちだろうけれど、なるほど、先輩の言葉を解釈するなら、様々な手法で闘うことが可能なのだろう。それは意外と真面目な話かもしれなくて、ちょっとびっくりしてしまった。先輩は唸るように言う。

「わたしもプロの写真家になって、そういうふうに闘えるようになりたい。なんか、このままなにもかも奪われたままじゃ、悔しいじゃん。負けたくないよ」

先輩がプロの写真家になるのは、何年後のことなのだろう。

そして、その数年後の世界も、未だ世界の脅威は蔓延しているのだろうか。もしかすると先輩はその可能性を念頭に入れているのかもしれない。去年、世界に危機が訪れたとき、わたしたちはなんとなく考えていた。きっとそのうち誰かがなんとかしてくれるだろうって。意味もなく根拠もなく、きっと来年には日常が戻っているだろうと漠然と考えていた。偉い人たちがなんとかしてくれるはずだからって。けれど、今このときに、同じことを考えられる人がどれだけいるだろう。

　あのとき、本当に世界は変わってしまったのだ。

「応援しますよ」

　負けたくないという先輩は、ほんの少しだけいつもよりカッコよく見えて、わたしはそう口にしていた。

「じゃあ、手始めに朝陽の写真を撮らせてよ」

「は？　なんでそうなるんですか？」

　先輩はどこからともなくデジタルカメラを取り出した。前に教えて貰ったことがあるけれど、ミラーレス一眼というらしい本格的なカメラだった。わたしは両腕を交差させて、必死に顔を庇った。顔を背けながら言う。

「そんなの撮っても誰も喜びませんから！」

「わたしが喜ぶかもしれないでしょ！　ほらマスク取りなよ！」

　先輩が立ち上がり、わたしに手を伸ばす。

「ソーシャル・ディスタンス！」

　わたしは必殺技を叫びながら、彼女から逃げ惑った。

　先輩が大人しく諦めてくれるまで大変だったので、アイちゃんの発言の意味を探るのを、そのときのわたしはすっかり忘れてしまっていた。

＊

鴨田先生が新型コロナに罹患し、重症だという。

その噂が耳に届いたのは、数日後のことだった。やはり鴨田先生は、最初に病欠したときから、新型コロナに罹患した疑いがあったらしい。検査中だったということもあり、混乱を防ぐために情報は伏せられていたが、陽性反応が出ると同時に重症化してしまい、入院中だという。その噂はPTAを通じて生徒たちに瞬く間に広まっていた。

感染経路に関しては様々な憶測が広がっているが、すぐさま学校を休校にするべきだという意見は多い。けれど、冬の間のオンラインへの対応などで既に授業は逼迫していて、わたしたちからすれば、これ以上に宿題が増えたり、遅れが出たりするのは勘弁してもらいたい部分もあり、学校が休みになることを暢気に賛成する生徒はそれほど多くない。

授業を潰され、勉強が遅れて、受験に失敗するなんて流れになれば、わたしたちはコロナに今だけではなく未来すら奪われることになりかねない。

「先生、そんなに年とってないでしょ。なんで重症なの？」

「なんか、喘息持ちだったみたいだから」

「変異株がヤバイらしいよ。もう若くても死んじゃう危険性があるって」

「え、ちょっと待ってよ。先生死んじゃうの？」

「それはわからないけど……」

放課後の時間、わたしたちは心を休める間もなく、そんな噂を交わしていた。

若い人であっても、死ぬかもしれない。

世界の脅威がどんどん深化していくことを、わたしたちは今更ながら実感させられていた。

「もうやだよ。こんな世界」

誰かがそう呟いていた。

わたしはその言葉を聞きながら考える。アサヒ菌が蔓延していた頃、わたしの存在を嫌悪し、笑いながら手を洗って、謝りなさいよと連呼していたみんなも、同じことを考えているんだろうか？　こんな世界はもういやだと、うんざりしているんだろうか？

けれど、これはあなたたちが望んだことじゃないのだろうか。菌ではなくてウイルスという違いはあるかもしれないけれど、みんなに瞬く間に感染していく見えない存在を怖がり、必死になって手を洗って嫌悪する。みんなが望んでいた通りのことが実現したに過ぎない。

もういっそ、世界なんて壊れたらいい。みんなが望むから、神様がわたしの願いを叶(かな)

えてくれたのだ。みんなの思っている通りに、見えない存在が世界を駆逐していけばいいと、わたしが願ったせいだ。

だから世界の脅威が誕生した。

そんなのは、空想でしかないとわかっているけれど、それでも考えずにはいられない。

これは、あなたたちが願っていたことでしょう。

「澄川もさぁ、夏休み飲食店でバイトするんでしょ？　気を付けた方がいいよ」

葵ちゃんが、そう呟いて、わたしの意識が引き戻される。

「ううーん、予防は完璧にするつもりだけれど」

澄川くんは、眉間に皺を寄せながら、首を傾げていた。

「予防なんてみんなしてるじゃん。それなのに感染するんだから」

わたしは顔を上げて、葵ちゃんにそう釘を刺されている澄川くんの横顔を見つめた。

もし、澄川くんが感染してしまったら。

若い人であっても、死ぬかもしれないという現実。

明日、すぐ近くにいる誰かと、もう二度と会えなくなるかもしれない。

わたしのせいで世界が危機に陥っているだなんて、本当に信じ込んでいるわけではないけれど、世界なんて終わればいいと願っていたのは真実だった。そして、この脅威がずっと続くように祈っていることにも変わりがない。わたしはコロナのおかげで、みんなど一緒にいられる。だからこそ、そう願わずにはいられないわたしの胸を、奇妙な罪悪感が満たしていく。わたしの祈りは、もしかしたら、澄川くんや大切な人たちを殺すかもしれない。

「鴨田先生さぁ、やっぱりこの前の、あの変なオバサンに伝染されたんじゃない？」

「ああ、職員室に来たっていうやつ？」

教室で、誰かの囁き声が耳に飛び込んできた。

ぞわりとした感覚に肌が粟立ち、わたしは息を殺すみたいに身を固くする。

あのときのことを、すっかり忘れていた。

なぜかマスクをしないで職員室にやってきた奇妙なおばさん。鴨田先生に向かって、大声でなにかを喚いていた。もし、あのおばさんが既に感染していて、それで鴨田先生に伝染ったのだとしたら……。

あのおばさんを、職員室に案内したのは、わたしだ。

それなら、わたしのせいで、鴨田先生が感染したようなものじゃないか。

もし、鴨田先生が死んでしまったら。

「朝陽、どうした？」

葵ちゃんに、顔を覗き込まれて、わたしはかぶりを振る。

「ううん。なんでもない」

「顔色悪いよ」

葵ちゃんは怪訝そうだった。

「マスクしてるのにわかんの？」

澄川くんが感心したように笑う。

「眉の動きでわかる。付き合い長いから」

葵ちゃんはけらけら声を上げてそう言う。

「朝陽」

アイちゃんが、立ち上がって近付いて来た。

「ちょっと」

「え？」

「ちょっと、内緒話。こっち来て」

彼女は廊下の方を示して言う。わたしは言われるままに、ぼんやりとした気持ちでアイちゃんに付いていく。正直、今のわたしは鴨田先生のことで頭がいっぱいだった。もし、わたしのせいで鴨田先生が死んでしまったら……。

「朝陽、今日は部活あるの？」

「え？」

アイちゃんに責められるように言われて、わたしはぼんやりとした頭で聞き返す。

「もう写真部には顔を出さない方がいいよ」

「どうして？」

どうしてアイちゃんがそんなことを言い出すのかが、まるでわからない。啞然としているわたしを、アイちゃんの大きな瞳が見つめる。

「みんなが噂してるでしょう。マスクをしてない変なオバサンが鴨田先生に会いに行って、それが原因で先生が感染したんじゃないかって」

「それは……。ただの、噂じゃ、ないの」

「そのオバサン、写真部の荻野って人の母親だよ」

「え？」

意味がまったくわからなくて、わたしの頭の中は真っ白になる。

「あたしのお母さん、ＰＴＡだからさ、いろいろと話が入ってくるんだけれど。そのオバサン、ちょっとあれなんだよ。コロナは政府の陰謀だとか、ワクチンに効果はないとか、そういうことを言いふらしてる活動家なの」

よくわからない。呆然としたまま、わたしはアイちゃんの言葉を耳にしていた。

先輩のお母さんはそういう変わった思想の活動家で、政府の陰謀に過ぎない感染症なんかを恐れる必要はないと、学校に文句を言いに来た。そういう考え方をしているから、もちろんマスクなんかしていなくて、自分が感染しているなんていう可能性にも気づかない。大声で喚き散らす彼女に応対した鴨田先生は、それで感染してしまった……。

「そのオバサンも倒れて、陽性結果なんだって。たぶん、念のために明日から休校になると思う。もう荻野って先輩には近付かない方がいいよ。あんたも伝染される」

わたしは、アイちゃんになんて応えたのだろう。

気づけば、わたしは廊下を歩いていた。

すぐに部室に行って、真偽を確かめなくてはならないと思った。

けれど、放課後にもかかわらず、先輩の姿は部室になかった。

いつもなら、用事もないのに遅くまでここで時間を潰しているはずなのに。

家に帰りたくない、と先輩は言っていた。

親がいろいろとうるさいから、とも——。

先輩は、彼女のお母さんとは違って、きちんとマスクをしていた。きっと、考えがぜんぜん違っていたのだろう。母と娘の思想があまりにも食い違っていたから、先輩は家の中で居心地の悪い思いをしていたのかもしれない。マスクをしない母と一緒に過ごす時間を増やしたりしたら、自分が感染する恐れだってあっただろう。

今日はどうしたのだろう。

先輩は、どこへ行ってしまったのだろう？

たまたま来ていないだけなのか。もう帰ってしまったのか。

それとも――。

そういえば、昨日は部室に来る用事がなかったから、先輩と会っていない。

嘘だよね、と思った。

そんなこと、あるはずないよね？

だって、死んじゃうかもしれないいんだよ。

若くても、ぜんぜん油断なんかできないんだよ。

わたしは震える手で、スマートフォンを取り出す。

先輩と通話をしたことはない。でも、メッセージのやりとりはしているから、通話をすることだってできるはずだった。わたしは通話ボタンを押して、先輩を呼び出す。

先輩はなかなか出てくれなかった。ひょっとして、電車の中なのかもしれない。すべてはわたしの考え過ぎで、先輩は今日も普通に学校に来ていて、たまたま早く帰ってしまっただけなのかもしれない。電車の中で、通話に出られないだけなのだ。普通はそうだ。普通に考えれば、きっとそうに違いない。メッセージを送ったら、そちらの方が案外呆気なく返事が来るかもしれない。そう考えたときだった。

『もしもし』

くぐもった声が、手にしたスマートフォンから聞こえた。

今にも途切れて、聞こえなくなってしまうんじゃないかという、か細い声だった。

「先輩」

『朝陽かぁ、珍しいね』

どこか暢気な言葉だ。

けれど、ほんの一瞬の安堵を打ち消すみたいに、激しく咳き込むような音が耳に届く。

「先輩。大丈夫ですか。熱は？」

『あぁ、うん。誰かから聞いた？』

先輩は掠れた声で言う。

「熱があるんですか」

『三十八度ちょっと……。病院行ったし、まだ検査中だけど、ううーん、これは……』

また、先輩が咳き込んだ。

「大丈夫ですか。話すのつらいなら、メッセージでも」

『切らないで』

先輩は今にも消えそうな声で言う。

『誰かと話してないと、挫けそう』

そんなことを言わないでほしい。

あの能天気で楽観的な先輩が、挫けそう、だなんて。

先輩は、声を出すのがつらいのかもしれない。そのまま、黙り込んでしまった。わたしはなにを話したらいいかを迷いながら、言葉を発する。

「先輩のお母さんのことを聞きました。それで、もしかしたら、先輩も感染してるんじゃないかって」

『そっか』先輩は弱々しい声で言う。『いや、迷惑な人間だよね。そりゃ、どんな思想を持っててもいいけれど、人様に迷惑をかけちゃだめでしょ。鴨田先生、めっちゃいい人なのに』

「わたし、先輩のお母さんを、鴨田先生のところまで案内したんです。もしかしたら、わたしのせいで……」

『それは違うよ』先輩は息苦しそうに言う。『それは違うよ、朝陽。悪いのは、うちの馬鹿親なの。朝陽が案内しなくても、他の誰かがそうしてたと思うから、朝陽はなにも悪くないの』

「けれど……」

『それより、自分の心配して……。わたし、症状出たの、一昨日の深夜で、それから朝陽には会ってないけど、もし』

先輩は激しく咳き込みながら、言葉を続けようとした。

けれど、言わなくていい。そんなことを伝えるために、無理をしないでほしかった。

「大丈夫。無理しないでください。先輩は、休むことだけを考えて」

『けっこうキツイから。ほんとうに、朝陽も気を付けて』

「大丈夫ですから」

どうしよう。通話を切るべきなのか、わたしは迷っていた。無理に話をさせたら、悪化させてしまうんじゃないか。けれど、心細そうな先輩をひとりにするわけにもいかない。

黙り込んでいたら、先輩が掠れた言葉を発した。

咳混じりで、それはひどく苦しげな声だった。

『馬鹿親のしたことで、一蓮托生で、わたしはいいんだけど。鴨田先生は、なにも悪くないから。申し訳ないよ、ほんと』

「そんなの、先輩だってなんにも悪くないです。だからそんなこと言わないで」

『うん』

「先輩、なにかしてほしいことないですか。買い物とか、なにか、そういう、困ってること」

『買い物は、親戚に頼んだから大丈夫』

先輩は苦しそうに言う。

けれど、その声に、微かな笑みが混じっているような気がした。

『でも、朝陽にしてもらいたいことはあるな』

「なんですか。なんでもします」

『朝陽の写真が撮りたい』

「え？」

『わたし、朝陽の顔を知らないまま、死ぬのはイヤだなぁ』

そんな。

そんな馬鹿なことを。

そんな馬鹿なことを、言わないでほしい。

「そんなこと言わないでください。先輩、写真でコロナを倒すんでしょ」

先輩は笑う。

『そうだった。負けたくないよなぁ』

「わたし、可愛くないですから。撮っても後悔しますよ」

『可愛いよ。朝陽は可愛い』

「なにを根拠に……」

『拝啓コロナさまとか書いちゃう女子、可愛いじゃん』

電話の向こうで、先輩がけらけらと笑う。

『だから、ぜったいそのマスクをとってやりたい』

すぐに、彼女は咳き込んでしまったけれど。

わたしは、スマートフォンを握り締めたまま、呆然としていた。

そうか。あの作文。

肩越しに、もしかしたら、覗き込まれていたのかもしれない。

『朝陽、負けちゃダメだよ』

先輩はそう言う。

でも、いったい、なににだろう。

わたしはなにと闘っているんだろう?

「負けないです。負けないですから、先輩も勝ってください。大口叩いていたんですから、写真でコロナを倒してみせてくださいよ」

うん。そうだね。そうする。

先輩はそう応えると、案外検査結果は陰性かもしれないなぁ、なんて軽口を叩いていた。

＊

電車に揺られながら、窓越しに夕闇の街を眺める。

この路線はいつも通り混んでいて、世界の脅威が蔓延しているというのに、わたしたちはいつも通りの生活を送らざるを得なくて、たった一枚のマスクだけを頼りに、見えない敵が身体に纏わりつく恐怖に怯えている。今も、誰かが咳き込んでいて、車内の空気が変わったような気がした。みんな、咳き込んでいる人からさり気なく離れようと、そっと動き出す。わたしたちにできることといえば、それくらい。けれど、本当にそうなんだろうか？

誰がこんな世界にしてしまったんだろう。

わたしたちは、誰に文句を言えばいいんだろう。

先輩も、鴨田先生も、ただ普通に日常を生きていただけだ。それなのに、どうしてその生命が脅かされなくてはならないのだろう。どうして、わたしたちは大切な人を失うかもしれない世界で、生きなくてはならないんだろう。

疑問ばかりが渦巻いていく。

わたしは帰宅する。手を消毒し、うがいをして、念入りに顔を洗う。いつだったか、アサヒ菌が蔓延していた頃、わたしの触ったものに触れた子が、ごしごしと廊下の洗い場で手を擦っていたのを思い出す。みんなの妄想は、現実になった。これで、満足なのか？　わたしの祈りは、現実になった。これで満足なの？

いつまでも、いつまでも、こんな日が続いていいの？

わたしは両親と夕食をとりながら、ずっと考えていた。寡黙な父親は、毎日のように満員電車に揺られて東京へ行く。帰ってくるのも、満員電車だ。だから、もしかしたら、明日には、お父さんはこの席に座っていないかもしれない。二度と会えなくなるかもしれない。ここはそういう世界だった。

「朝陽、どうした？」

なんでもないよ、とお父さんに応えて、わたしはお母さんの家事を手伝う。

それから二階の部屋に籠もり、ベッドに身体を横たえた。

先輩は、鴨田先生は、今も苦しいんだろうか。

生きるために、必死に闘っているんだろうか。

わたしは身体を起こす。階段を、一段一段、踏みしめるように下りた。

こんな世界にしたのは、わたしかもしれない。

それは妄言だと思うけれど、もしそうではないのなら、もうやめてほしい。

神様がいるのなら、もうこんなのはやめてほしいと願いたかった。

それでも、やっぱり神様なんていないし、わたしなんかが世界の脅威の原因であるはずはないのだから、世界は変わらない。唐突には、なにも変わらない。

だから、わたしは洗面所に立つ。

瞼(まぶた)を閉ざして、深呼吸を繰り返す。

朝陽、負けちゃダメだよ。

先輩の声が耳に甦る。だって、仕方がない。

世界に脅威が訪れたとき、それを自動的に倒してくれるヒーローなんて、どこにもいないのだから。だから、わたしたち一人一人が、闘うしかない。

先輩は、きっと写真を撮る。それで大勢の人に幸せを届けるんだろう。

鴨田先生は、みんなで頑張って耐え忍ぼうと言った。わたしたちの青春は致命的に失われてしまったかもしれないけれど、いつか日常が戻ることを祈って、みんなに知識を授け導いてくれるはずだ。

今だって、きっといろいろな人が、いろんなやり方で、周囲の人たちを大切にしながら、闘っている。

わたしにできることはなんだろう？

わたしは瞼を開いて、鏡を見つめる。

先輩が学校に戻ってきたら、写真を撮ってもらおう。

本当は、たぶん、怖くて、怯えていて、逃げたいだけだった。

マスクを取ったら、みんなが、わたしの元から去ってしまうんじゃないかって。

だから、拝啓コロナさま。

ずっと、あなたが居続けてくれることを祈ったけれど、そんなのはもうおしまいだ。

わたしはあなたから卒業する。

これから、世界はきっと変わっていくだろう。
少しずつ、少しずつ。
わたしたちの青春の在り方も、変化することは避けられない。
恋も、友情も、勉強も、生き方すべてが変わってしまうかもしれないけれど。
いつかは、この脅威が消え去ることを祈って。
わたしたちはそれぞれの闘いを続けていく。
さぁ、拝啓コロナさま。
わたしの覚悟はできている。
あなたが消え去った後のための準備は万全だ。
わたしは鏡を見つめる。それから。
いつだって、先輩にカメラを向けられてもいいように。
いつもみんなが陰気だと指さす表情で、ちょっとへたくそな笑顔を浮かべてみせた。

仮面学級

北國ばらっど

「起立――」

狭く暗い教室の中で、委員長である根津(ねづ)さんが声をあげた。

ネズミの仮面をつけているから、表情は分からない。

ただ、口調や普段の雰囲気から、きっと根津さんは簡単な挨拶すら、楽しそうにしているのだろう。

「――礼、着席」

礼ひとつとっても、キビキビして見える根津さん。

なぜかワンテンポ早い鳥居(とりい)さん。

ガタガタ騒がしい猪野(いの)さん。

いまいちやる気のなさそうな馬場(ばば)さん。

それに、犬山(いぬやま)さん。

動物の仮面をつけた十三人の生徒が、各々好きなようにお辞儀をする――僕の描く、イメージの中の教室。

誰が誰かも分からない。

名前も素性もでたらめで、男子か女子かも曖昧だ。

けれど間違いなく、ここに集まった十三人の生徒は、深空高校一年A組の生徒たち。

集まったと言っても、ここは実際の教室でもなければ、部室でもない。

チャットアプリの中に作られた、電子の教室。

「それじゃあ、みなさん」

仮面学級。

僕らが僕らでいられる、架空の箱庭だ。

「今日も一日、楽しくやりましょうね！」

◆

知らないところで桜が咲いて、散った。

四月の半ばごろのことだった。

世間が見えない脅威と戦ってる間、高校に上がったばかりの僕には、入学式も初登校もなかったが——べつに平気だった。

大人はのんきに「学校に行けない子がかわいそう」とか言っていたが、とんでもない。

正直、僕は学校が苦手だ。

流行りの番組、芸能人、売れてる音楽、クラスメイトの近況。

会話というより定型文の羅列。

口調を作り、話題を合わせ、ノリを合わせていく。

僕に言わせればクラスの会話って、せーの、で続ける大縄跳びみたいだった。

本当の僕はバラエティ番組より古い小説が好きで、定番のスイーツより駄菓子が好きで、アイドルの曲より雨の音が好きなのだ。

だからもう、全然平気。クラスに顔出さなくていいの最高。

学校って遊ぶところじゃないけど、勉強するためのところではあったのだ。

だったのだけど……勉強が遅れるのは困るし、家でする自習が思ったより捗らないのも不味かった。

そんなある日。イマイチやる気が出ない中、ふと「僕以外の連中はどうしてるんだろう」と、SNSで学校名を検索してみると……妙な呟きを見つけた。

それが根津さんのアカウントだった。

いわく、〝仮面学級〟。

学校が始まるまでチャットアプリを使い、深空高校一年A組に入学予定の生徒だけで、匿名の〝学校ごっこ〟をしよう、という募集だった。

怪しいとは思った。

だが、要は「家にいると勉強する習慣がないので、学校っぽい雰囲気を作って、お互いに勉強の報告をしあおう」という内容だったので、それは悪くないと思えた。

条件は三つ。

顔写真を使わず、用意されたアイコンを〝仮面〟として使うこと。

本名を使わず、架空の名前で登録すること。

そして、仮面学級の中での話は、勉強以外は全て「嘘でも本当でもかまわない」ということ。

意外と面白そうじゃないか、と思ったのが正直な感想だ。

自分を曝け出さないのは、別に現実のクラスでも同じこと。

加えて、ここでなら好きなように振舞って輪に入れなくても、その後の学校生活が不便になったりはしない。

匿名なのだし、怪しい集まりだと思ったら、すぐにチャットから抜ければいい。

そういうわけで、暇つぶし半分のつもりで、僕は「猫谷」という架空の生徒として、仮面学級の一員となったのだが──。

◆

……楽しい！

すごく楽しい！

正直、仮面学級は、僕にとってとても居心地のいいものだった。

「そう言えば馬場さん。今日遅刻してきたけど、寝坊？」

本日の勉強会を終え、根津さんは馬場さんに話題を振った。

発言を書き込んでいる最中は、〝書き込み中〟の表示が出るので、馬場さんが返事をしようとしていることは分かった。

リアルタイムに声のやりとりができなくても、多人数での会話がスムーズに回せる理由でもあった。

「う～ん、ごめんね～。深夜にやってるアニメ見てた～」

「またか。深夜のアニメってエロいやつじゃない？」

「エロいよ～。めっちゃエロい。五分に一回パンツ見える～」

「エロいの!?　堂々としすぎじゃない？」

「エロいけど面白いんだって～。私このシリーズ、小学生の頃からパンツ追ってる～」

「ベテランのエロガキじゃん！　叱れ！　親もっと叱れ！」

「私の親、夜働いてるから帰ってこなくて～」

「あ、ウチもウチも！」

　鳥居さんが、文字でも分かるくらい食い気味に混ざる。

「親が夜帰ってこないと心細いんやって。したらテレビつけとくしかないやん。ウチ音楽ランキングの番組とか見てたわ」

「ね～、分かる。私の家は飲み屋なんだけど～、鳥居さんとこも～？」

「いや、ウチのパパ政治犯罪追ってるらしい」

「予想外すぎるよ～……」

「まぁウソやけどね、ウソウソ」

「またウソって言えばすむと思って～。ところで～鳥居さんって関西の人なの？　関西弁だよね」

「や、エセ関西弁やし。初恋の人が関西人だったから成り切っとるだけ」

「重～っ！　どんな人だったの？」

「五個うえの、家庭教師のお姉さんやった。ウチのことそんな風に見られんて言われてもうたけど」

「重～っ！　さらっと重～っ！」

「まぁまぁまぁ、マジ話とは限らんけどな」

「まー、仮面学級だもんね～。私の話もウソかもしんないし～」

「せやせや。それがここのエエとこやろ」

仮面学級では、誰が誰だかわからない。

みんな仮面をつけているため、勉強を除くここでの会話は全て「嘘でもよい」ということになっているが――そのルールが逆に、会話を明け透けにしている。

最初はそうでもなかったが、タガが外れるのは早かった。

誰が誰でも分からない、本当か嘘かも分からない。

最初は馬場さんだったか。半ば冗談のようにオタクだとカミングアウトした。

巳戸(みと)さんはピアノコンクールに出ているらしいが、本当はピアノなんか好きじゃないらしい。猪野さんは中学まで保健室登校だったらしい。兎海(うかい)さんは異性の服を着る趣味がある。辰美(たつみ)さんは厳しい両親に内緒で、マンガを描いている。

全て、真実とは限らない。

単なるジョークやでまかせかもしれない。

けれど決められた流行の話題に、空気とノリを読んで返事を返す。そういう不文律が、ここにはない。何を言って失敗しても、最悪、このチャットから退室してしまえば良(い)いのだ。

匿名だからこその、緩い空気。

それが仮面越しの僕たちを、現実よりよっぽど素顔にしている。

「――猫谷くん」

「あ、はい」

ボーっと会話を眺めていると、犬山さんに話しかけられた。

黒い犬の仮面（アイコン）。

犬山さんは、あんまりクラスの話題に口を挟まない。けれど、賑（にぎ）やかな会話を眺めているのは好きらしい。

僕と同じタイプだけど、もっと上品な雰囲気が犬山さんにはある。

「風邪（かぜ）は治った？　昨日はまだ、本調子じゃなかったみたいだから」

「あー……うん、大丈夫！　少し早めに休んだら、元気になったよ。普通の風邪だったみたい」

僕は少しだけ、焦りながら返事をした。

この時期の風邪は、ただでさえ大ごとに見える。体調を崩した時はボーっとして、つい素直に教えてしまったけど、後から失敗だったと思った。

ここが仮面学級でなければ、白い目で見られていたかもしれない。

けれど犬山さんは僕の焦りなど他所（よそ）に、ただ純粋に心配してくれているようで、画面越しでも……いや、仮面越しでも、それが分かる。

「そう、良かった。でも、無理だけはしないように。実際の学校だって、体調が悪かったら休むのだから」

「……ん。ありがと、犬山さん」

文字だけでも分かる、落ち着いた物腰。

出しゃばりすぎない。控えめでもない。

言うべきことは言い、聞くべきことを聞く。

電子の仮面越しのこの場所で、犬山さんは皆より少しだけ、大人に見える。

……イメージ的には、たぶんさらっとした黒髪。

眼鏡（めがね）も似合いそうだ。

教室の隅で文庫本——きっとミステリなんか読んでいて、なびくカーテンの隙間から差し込む日の光が、風にさらさら揺れる黒髪を透かす。

教室の喧騒（けんそう）のなかで、犬山さんの周りだけは、時間がゆっくり流れている。

けれど孤立しているわけじゃなくて、クラスメイトの声を、犬山さんはきちんと聞いていて、時々文庫本の端から、見守るように視線を向けて。

そして目が合うと、くすり、と。少しミステリアスに笑うのだ。

……いや、全部僕の勝手なイメージなのだが。

とにかく犬山さんの雰囲気ってそういう感じだ。

だから個人的に気にかけられたり、話しかけられると、ちょっと緊張する。それはたぶん、仮面学級のクラスメイト皆が、そうだと思う。

……ううん、正直、僕個人がそれを嬉しいと思っている。

だから、せっかく犬山さんから振ってくれた会話を、切り上げたくなくって。

「あの」

「なあに？」

「犬山さんって、仮面学級以外だと、どう時間潰してる？　部活もないし、テレビは飽きちゃって」

なんて、話を続けようとしてしまう。

中学校に通っている頃の僕が見たら、笑ってしまうような行為だろう。

「んー」

犬山さんは、さも「いま考えてますよ」ということを示すように、書き込みに一拍おいてから、返事を続ける。

「……曲、作ったりとか」

「作曲？」

「なんや、アーティスティックな趣味やん犬山」

鳥居さんが会話に挟まってくる。

僕が慌てて「いいじゃん作曲！」と返すと、「や、別に悪いとは言うてない」と鳥居さん。確かにそうだ。焦りすぎだ。大丈夫か僕は。

けれど犬山さんはさほど気にしたふうでもなく、話を続けてくれる。

「本とかネットで調べてやってみたんだけど……これが意外と面白くって」

「動画サイトとかにアップしてるん？」

「ううん、自分で聞くだけ。シュミだし」

「勿体なくない？　せっかく作ったんやし、いろんな人に聴いてもらいたいんと違うか」

「そうでもないよ。ツルんでる友達がそういうの理解なくて……仲良い人にバレて笑われると、傷つきそうで」

「なんや、酷い友達やな」

「ううん、良い友達だよ。ただ、ただ単純に、何が良いのか分からないみたい」

「ほーん、そんなもんか」

鳥居さんは首をひねっているようだったけど、僕には割と、ピンとくる話だった。

分からないことは、悪くない。

みんな、自分と違う〝変わった物〟を笑うことに悪気なんかないのだ。だって、そういうふうに生きてきたから。

会話が一段落したのを見て、僕は鳥居さんと入れ替わる形で尋ねた。

「何か、作曲始めたきっかけとかあるの？」

「んー、もともと指で机叩いたりとか、鼻歌とか歌うクセがあって、作曲してみたら楽しいんじゃないかなーとは思ってたんだけど――」

指で机を鳴らす犬山さんを想像する。

きっと窓の外の景色を見ながら、たたん、たたん、とリズムを刻んで。

「――ネットに自作曲をアップしてる人を見つけて、やっぱその人がきっかけかな」

「教えてもらっても良い？　その人」

「うん！　すっごく良い曲作る人だから、良かったら聴いてみてよ！　できればココアとか飲みながら」

「なんでココア？」

「なんていうか……しっとりした曲作る人だから。温かい物飲みながらだと、しっくりくる。そういう曲ってない？」

「あ、ちょっと分かる」

僕がそう言うと、犬山さんはとても嬉しそうに、びっくりマークと、ニコニコしたスタンプを添えて返事をしてくれた。

スタンプでの感情表現だけど、僕は犬山さん自身がとても上機嫌そうに笑っている姿が、ありありと想像できた。

……ていうか、そっか。

犬山さん、ココアとか好きなんだ。へえー……。

ぼんやりと、僕の頭の中で犬山さんの形が定まる。

たぶんこの季節ならパーカーとか、だぼっとした部屋着に、楽なパンツスタイル。

音楽をゆっくり聴くなら、きっと自分の部屋。

ベッドをソファの代わりに、温かいココアを両手で持って、冷ましながら、音楽に耳を傾けて、ゆっくりと甘さを楽しむ犬山さん。

……可愛いかよ！

「じゃ、このあとココア淹れて試してみるよ」

「良かった。たぶん猫谷くんは好きだと思うんだよね」

その言葉だけで、病み上がりの体が仄かに熱くなる。

それから少し話して、その日の仮面学級はお開きとなった。

窓の外を見ると、曇っているせいか少し寒い気がした。

僕はクローゼットから、冬の終わりごろに使っていた、少し袖の余る大きめのパーカーを出して羽織った。パステルブルーの生地が、一冬で少し色あせている。

それからキッチンへ行き、母さんに頼んでインスタントのココアを淹れて貰った。寒い季節でもコーラやスプライトばかり飲んでいるから、「ココアなんて珍しい」と言われた。

温かいマグカップを持って部屋に戻ると、さっそく教えてもらった名前で検索をかけた。

出てきたプレイリストの上から、とりあえず動画を再生する。それから両手でカップの温かさを感じながら、ココアをすする。

しっとりとしたメロディ。

降り始めの雨が、ぽつぽつと水たまりに波紋を作るようなリズムが、スマートフォンから響く。なるほど、暖かくして聴きたい曲。一人でいる時間を、いっそう強調するような、どこか儚く寂し気なメロディ。けれど僕は、ちっとも寂しくない。

犬山さんは、もっと良いスピーカーから聴いていたりするのだろうか。作曲するくらいだから、きっとパソコンで再生している。お小遣い、貯めてみようか。

とっくに桜が散った季節。

僕らの新学期はまだ遠く、日の光は雲の向こう。

けれど甘いココアをすするたび、僕は春が来たかのように頬が温かくなった。

明日の仮面学級が、僕はただただ待ち遠しかった。

◆

梅雨を先取りしたかのように、雨が続いていた。

仮面学級に天候は関係ないが、皆同じ高校に通う予定の生徒ばかり。誰しもが窓の向こうに降りしきる、同じ雨を見ていた。

「はよ晴れんかな。外出できないったって、こんだけ降るとウンザリするわ」

「ね～、部屋の中でもお日様浴びたいよね～」

それまで続いていた、好きな食べ物の話題が切れて、鳥居さんが天気の話を始めた。

降りしきる雨に誰もがウンザリしているのを聞きながら、僕は大人しくしていた。

話すべきことがない時は黙っていても良い、という空気がこの学級にはあって、僕はそれも居心地の良さだと感じていた。

ふと、僕はクラスメイトたちの話に、犬山さんが混ざっていないのに気づいた。

書き込もうとするそぶりもない。

先ほどまでは元気に喋っていたはずだから、僕は犬山さんがあえて黙っているのだ、ということが分かった。

「…………」

魔が差す、とはこういう気持ちかもしれない。

僕は仮面学級に入ってから、初めて、個人あてのメッセージを――他の皆には見えないメッセージを、犬山さんに送った。

「雨、嫌い？」

たったのそれだけ。

そんな短い、何の変哲もない質問。

けれど、皆で話す場所ではない、ただ一人にあててのメッセージを送るのは……なんだか、そっと耳打ちをするような気恥ずかしさがあった。

犬山さんは、何度か〝書き込み中〟の表示をつけては、消して、それからようやく、とてもとても短く、返事を返してくれた。

「好きだよ」

――何秒間か、僕はスマホの画面をじっと見つめていた。

それから、返事を待たせてしまっていることに気づいて、指先で入力画面をなぞり、返事を返した。

「僕も好き」

僕も雨が好きだ。

しとしとと静かに降る、雨が好きだ。

小学校の時、雨が降ると皆が不機嫌そうな顔をした。遠足が延期になったからだ。僕はわざわざ遠くに行かされる遠足が嫌いで、雨の音が好きだったから、本当は笑顔でいたかった。けれど皆が雨を嫌うから、僕は笑顔になってはいけなかった。

だから、雨が好きな気持ちを共有できたのは嬉しかった。

ただ、それだけ。それだけのはずだ。

うん、「雨が好き」という話をしているだけだ。文脈は分かっている。

なのに、なぜ僕は照れているのだろう。

画面に並んだ二言を、僕は思いっきり抱きしめたい気持ちになった。

会話が記されたスマホを胸に抱いて、僕はやり場のない気持ちをぶつけるように枕を叩いた。耳が熱い。風邪は治ったはずだけど。

「町中に降る雨が好き」

犬山さんの返信。

続けて書き込みがあるので、僕はそれを待った。

「岩にしみ入る蟬の声、ってあるでしょ」

「松尾芭蕉？」

「そう、それ。固い岩に音が沁み込むって表現が、子供のころ不思議だった」

「ああ、分かる」

　緊張を自覚していた。今更、先ほどの二言のやりとりを意識しているみたいで、指先が微かに汗ばんで、入力に手間取るから、短い返事だけ返した。

　犬山さんの語りは続く。

「でもある日、雨の日の町中を歩いてたら……なんだか、サァー、って雨の音が町に吸い込まれていく感じがした。アスファルトに当たって、どこかに沁み込んでいく雨。音はするのに静かで——ああ、音が沁み込むってこういう感じなんだ、って」

　僕は窓の外を見つめて、耳を澄ませた。

　アスファルトに当たり続ける雨雫。

　雨音は絶え間なく続いているのに、だからこそ、どこか静かな町。

　アスファルトに当たった音が、町のどこかに——或いはそれを聞いている僕の耳に、沁み込んで消えていく。

　迷わず、返信を送る指が動いた。

「分かるよ、その感じ」

「分かってくれると思ってた、キミなら」

仮面越しに笑い合った気がした。

同じ町の、少し離れた場所に僕らはいる。

けれど今、同じ場所で、同じ雨音が沁み込んでいくのを聞いている。

好きなことを好きと言えて、「自分も」と答えてもらえる。

それだけで僕は、世界の色が変わる気がした。

会話を終えた後、僕はごろりとベッドに転がった。画面の消えたスマホを、宝物みたいに胸に抱きながら、首だけ動かして窓の外を見た。

曇り空とコンクリートが広がる灰色の町が、遊園地よりも鮮やかだった。

その日、確かに僕は変わった。

僕が変わり、世界が変わり——翌日、全てが変わった。

学校を再開する目途が立った、との連絡があった。

来週の月曜日。

同時に、仮面学級は終わりを告げることになった。それは一番最初、仮面学級に参加する時に前置きされていたことだ。

現実の学校に通えるようになったら、仮面学級は不要になると。

別に続けても良いじゃない、と巳戸さんが言った。

皆といるのが楽しい、と鳥居さんが言った。

けれど、仮面学級の主（あるじ）である根津さんは言った。

「ずっと仮面学級があるとさ、皆、本当の学校が必要なくなってしまいそうで」

誰も反論できなかった。

それは、仮面学級で過ごしてきた僕ら全員が理解していた。たぶん、現実の学校より、こちらで話すことのほうが楽しくなっていく。

でも、僕らは現実の中で生きなければならない。それも分かっている。

仮面をかぶって、周りに合わせて、大人になっていかなければならない。

だから、最終的には誰も文句を言わなかった。

「それに——きっと、今より楽しくなるよ。現実の学校も」

最後の日。根津さんはいつも通りのホームルームをして、そんな台詞（せりふ）を告げて、それで、仮面学級は終わりになった。

皆同じ場所で、一斉に「またね」と言って、グループチャットは解散した。

犬山さんと二人っきりで話す機会は、もうなかった。

◆

月曜日も、雨だった。

桜じゃなく雨に迎えられての新学期なんて、と母さんは言ったけど、傘に当たる雨音を聴いているうちに、鼓膜から抜けた。

雨は好きだ。

練習したから、湿度の高い日でも、上手に髪をセットできる。

スカートは折って丈を詰めたから、今日みたいな日は少し冷える。

中学までのセーラーに比べて、ブレザーは洒落(しゃれ)ているけれど、短いスカートはあまり好みじゃない。でも、皆がそうするから、僕もそうする。

通学路を進むにつれて、ブレザーの通行人が増えていく。「密になりすぎないように」なんて注意を受けるまでもなく、僕たちは傘で距離を取る。

一歩ずつ学校へ近づくたびに、〝僕〟から〝あたし〟になっていく。

小学生のころ、「男の子みたいに喋るんだね」なんて笑われた記憶が、一瞬だけ目の前をよぎっては、頭の後ろに沈んでいく。

同じ服を着た人波に紛れるにつれ、同じ色に染まるように個性を消していく。ほとんどの生徒がマスクをつけているから、余計に誰もが同じに見える。

「おはよ」

教室へ入ると、横から声をかけられた。

マスク越しで顔が見えなかったけど、声で中学からの知り合いだと分かった。そういえば、同じクラスだね、なんて話した気がする。

「学校始まるとダルさエグいわ。家に居てもダルかったけど」

そんなことなかったよ、と返事したいのを堪えて、返す。

「あたしも。ごろごろしてんのも限度あるわー。やることないし」

心にもない台詞が、機械のように自動的に出た。全然自分らしくない口調で、思ってもいない言葉で返事した。

「つか髪型変えてね？　こっそり外、出たべお前～」

「巻き方ゆるくしただけだし」

「マジで？　チートでしょそのテク。相変わらずセンスいいなぁ」

――つまんないな。

耳元で、自分の心が呟いた。

そりゃあ、僕は外見を上手く整えられていると思う。

でもこれは、お洒落じゃなくて、身だしなみ。

行儀のよさじゃなくて、同級生ウケを考えて、流行りに合わせて自分を飾る。何から何まで、人気のある誰かの真似（まね）をしている。

全然、自分が褒められている気がしない。

けれど、仮面学級を経た今はちょっとだけ分かる。

僕は自ら進んで、〝あたし〟をつまらなくしている。

いつの間にか張り付いて、それが当然だと思っていた。「上手くやる」ための仮面を被（かぶ）り続けた僕は、自分の笑顔の浮かべ方すら忘れていた。

根津さんはどうして仮面学級を作ったのだろう。

勉強するためという建前ではあったけれど、本当は違う気がする。

仮面学級の人数は、十三人。このクラスの数は三十人。

この教室のどこか。

誰かが鳥居さんで、誰かが馬場さんで、誰かが根津さんなのだろう。目を向けてみても分からない。誰もが彼らに見えるし、誰もが彼らではないようにも見える。

やがて、ホームルームが始まる。

改めて顔合わせということで、簡単な自己紹介を求められた。「なるべく手短に」と付け加えるくらいなら、しなければ良いのに、と思う。

こういう時の自己紹介は、目立つ要素を消すか、ウケを狙うか。

ここで〝イタいやつ〟と評価されると、三年間は付きまとう。

好きなアーティスト。中学の部活。当たり障りのない前置きの後の「よろしくお願いします」の一言。

マスク越しには個性を感じない。

仮面越しにはあんなにも、皆の素顔が覗いていた気がするのに。現実のこの場所のほうが、よほど仮面学級という名に相応しい。

新しい環境で、誰もがこれから被る仮面を、今まさに模索している。そしてその仮面はなるべく、皆と同じ作りが良い。

大勢が同じ色で染まった箱。

そうだ、これが学校だ。

「──よし、次」

先生の合図で、次の生徒が立ち上がり、自己紹介を始める。

誰が立っても同じに見える。誰が喋っても同じに聞こえる。人の輪郭をしたものが、似たような白いマスクをつけて、決められた記号を音にしている。

順番の回ってきた彼もまた、同じだ。

まず名前。

暗記問題じゃあるまいし、何人も連続で聞くと人の名前なんか覚えられない。一斉にする自己紹介に意味なんかあるのだろうか。

出身中学。

この高校に来る生徒なんて、どこの中学から来たか大体決まっている。

そして、好きなもの。

当たり障りがないのは、スポーツとか。マニアックな物なんて、とてもじゃないが——。

「雨の音が好きです」

——。

流れから浮いた台詞だった。

言葉はなくとも、クラスの空気が、微かに冷えるのが分かる。

つい、顔を上げた。

一人の男子が立っていた。

背が高い。逞しいというより、木が立っているような、細く長い感じの印象。

真っ黒な髪。雨の日でもさらさらしている。

表情はマスクで隠されているけれど、目はどこか遠くを見ていた。先生でも、目の前の誰かでもない、どこか遠くへ語り掛けるような目だった。

隣の席の男子は知り合いなのか、「なに気取っちゃってんだよ」なんて笑った。彼は後から緊張が追い付いたのか、眉をひそめながら、小さな声で「うるせえ」と返していた。

——そっか。男の子だったのか。

僕には、彼だけがとても鮮やかに見えた。

顔を隠し、白いマスクをつけた人々の中で、彼だけは素顔が見えた気がした。

自己紹介は続く。

皆の声が遠い。代わりに、降り続く雨の音がくっきり聞こえる。

マスクをつけているせいか、顔が熱い。

たった一瞬。現実で被るべき仮面を外してくれた彼のことを、考えてしまう。

もうすぐ順番が回ってくる。

皆は余所（よそ）行きの仮面をつけて、上手に、目立たないように自己紹介を続けている。

きっと僕もそうするべきなのだろう。

分かっては、いるのだけど。

「よし、次——」

ついに僕の番が来た。

雨の音を遠く聞きながら、自然と僕は笑っていた。

仮面越しではない、僕の顔が笑っていた。

ああ、なんてゲンキン。

皆は素顔の僕を笑うだろうか。だとしても、今は意外と怖くはない。余所行きの仮面の下に、素顔があるのは誰も同じだ。

少しだけ緊張する。

だけど今は、届けたい気分だった。

自己紹介。

自分が何であるか。自分が誰であるか名乗る時間。

素顔で名乗ってくれた彼に届くように、今この瞬間、僕はちっぽけな勇気を振り絞る。

上手くやっていくのは、その後考えよう。

「――僕の好きなものは――」

好きなものを言えるって、素敵だ。

桜の代わりに、雨が降る中。

僕たちの春は、これから始まる。

過渡期の僕らと受け入れない彼女

朱白あおい

1

二〇三五年九月某日、夜。

僕たちは山の中にいた。

木々の間から公道の方を見ると、封鎖された県境の検問所が見える。

僕たちが住むA県で感染症患者が発見されたため、五日前に県境が封鎖された。それ自体は普通のことだ。昔から、感染症患者が発生した地域は、封鎖して人の行き来をゼロにするのが当然だから。

しかし、僕には行かなければならない理由がある。

県境を越えなければならない理由がある。

「準備はいいか？」

この『県境越え』に協力してくれた真琴(まこと)姉さんが、最終意志を確認するように尋ねた。

「ああ、いつでもいいよ」

「あたしもＯＫ」

僕と弥子はそう答える。

山中にいる僕たち三人にとって、明かりと呼べるものは夜空に浮かぶ月だけだ。

ゆえに、その月が雲に隠れてしまえば……

あたりは漆黒の闇に落ちる。

「行くぞ！」

「「了解!!」」

僕たちは夜闇の中を駆ける――

その五日前。

『映画、楽しかったね、洋太君』

『試写会のチケットが取れてよかったよ。今年一番の話題作だしね』

『ううん、映画もだけど……洋太君と一緒に観てるから、だよ？』

『えっ、あっ、それは……』

『…………』

『あ、あああ、あのさ、麻音さん。今度の週末って空いてるかな？』

『……うん。私も洋太君なら、リアルで会ってみたいかなって思ってたんだ』

『…………』

『…………』

『あ、ありがとう！　それじゃ、待ち合わせの時間と場所は、また後で連絡するからっ！』

『うん』

僕はシアターからログアウトし、ＶＲゴーグルを外した。

「や……やったーーーーーー!!」

思わず叫んでいた。

麻音さんとデートをするのはこれで五回目。やっとリアルで会うことをＯＫしてもらえた！

小之本(おのもと)麻音さんは三ヶ月前にＳＮＳで知り合った女の子だ。年齢は僕と同じ十六歳で、僕が住むＡ県の隣のＢ県に住んでいるという。

今度の週末、ついに僕は彼女に会えることになった。

ネット上ではなくリアルで会うなんて、もう真剣交際レベルのカップル、完全に恋人同士がやることだ。

僕と彼女は、その領域に足を踏み入れようとしている!!

……もっとも、昔は単なる友達くらいの男女でも、リアルで会って買い物に行ったり、映画を観たり、カラオケに行ったりということは多かったらしい。古い小説や漫画なんかを読むと、そう描かれていることがよくある。

「人がそんなに軽々しくリアルで会ってたなんて、信じられないけどな……」

昔は、今と感覚や常識が違っていたんだろう。

大人たちが言うには、僕が生まれて間もない頃——二〇二〇年頃を境に常識が変わったんだとか。その頃から、世界中で感染症の危険性が注目されるようになって、生活様式が変わっていって……人と人がリアルで会うことは減っていったそうだ。そして今のように、あらゆることがネットで行われるようになった。

老人や大人たちのなかには現代の生活に不満を持っている人もいるみたいだけど、僕としてはデートはまずオンラインでやるのが当然だし、映画鑑賞も買い物もカラオケもVR空間で行うものだ。さっき僕と麻音さんがVR空間で映画デートをしていたように。

「……麻音さんとリアルで会う……どういうプランを……いや、しかし……重要なのは普段通りの自分で……いやいやいや、でも……」

リアルデートって、どうすればいいんだ⁉

僕はパソコンの通話アプリを起動させ、二人の友人に呼び出しをかける。

コールが数回続いた後、ロングヘアーで大人びた顔つきの女性が画面に映った。

『どうした、洋太。何か用事でもあったか？　可愛い弟分の願いなら、お姉ちゃんはなんでも聞いてやるぞ』

彼女は松尾真琴、僕より三つ歳上の大学生だ。

そして少し遅れて、もう一人の女の子も呼び出しに応じて画面に表示された。

『何なのよ、急に呼び出して』

彼女――松尾弥子は少し棘のある口調で言う。弥子は姉の真琴とは対照的に童顔で髪もショートカット。僕と同い年で、最近はなぜか僕に対して不機嫌そうな表情を見せることが多い。怒っていなければ、見た目は割と可愛い方だと思うんだけど。

松尾姉妹は僕の二軒隣に住んでいて、いわゆる幼馴染みという関係だ。

そんな二人に対し、僕は――

パソコンのカメラの前で恥も外聞もなく土下座した。

「僕にデートの仕方を教えてくれえええええええ!!」

『はぁ?』

弥子は怪訝そうな声を漏らし、真琴姉さんは何かを察したような口調で言う。

『なるほど……例の「麻音さん」か?』

僕は土下座状態から顔を上げ、コクコクと頷く。

『麻音? ……ああ、洋太が連絡を取り合ってるっていう女の子ね』

弥子は興味なさそうにつぶやき、真琴姉さんはどこか楽しげな笑みを浮かべる。

『最近、ちょっと良い関係になっているらしいな。ついにリアルでデートでもすることになったか？』

「うん、そうなんだよ」

『……は!?　え、リアルで会うの!?』

弥子は驚きと軽蔑が入り混じった表情を浮かべる。

『不潔。何よそれ、男女がリアルで会うって……』

女性がそれをOKしてくれるということは、かなり本気度が高い——とネットの記事に書いてあったのを読んだことがある。

『フフ、まぁそう怒るな、妹よ。しかし洋太、お前もついに一段上の男になるのか。ビデオ通話でなかったら、お姉ちゃんが頭を撫でてよしよししてやっているところだ』

「真琴姉さんがくれた試写会のチケットのお陰さ！」

今日、麻音さんと行った映画のチケットは、真琴姉さんがくれたものだ。

弥子は不機嫌そうに言う。

『ああ、そう。じゃあ勝手に会ってくれればいいじゃない。あたしたちには関係ないし』

「弥子。この僕が、自分の力でリアルデートなんてできるとでも？」

『……無理そうね。洋太って、全然女の子慣れしてないもんね』

「ああ、そうさ、悪いかよ！　とにかく今週末に麻音さんとのリアルデートなんだ！

女の目線からアドバイスをくれえええええ！」

再び土下座！

『今週末？』

「そうだよ、真琴姉さん！」

『麻音さんは隣のB県だよな？』

「ああ」

『ついさっきネットで情報を見たんだが……県境が封鎖されたらしいぞ』

2

「県境が……封鎖？」

僕は真琴姉さんの言葉に愕然(がくぜん)とする。

『ああ』

真琴姉さんはチャット機能で、ニュースサイトのURLを送ってくる。

『こちらのA県で、感染症罹患(りかん)者が確認されたらしい。インフルエンザの亜種だとさ』

ニュースサイトには、「ワクチン承認過程を簡易化する法案が議会通過」「生活スタイルの変化による出生率低下」「夫婦別居・親子別居　新しい家族の在り方とは」などといった記事タイトルが並んでいる。

その中に、A県で新型インフルエンザの感染者の発生が確認されたという速報が書かれていた。それに伴い、周辺の県からの要請を受けて、A県は県境を封鎖した。A県民は緊急かつ重要な用件がない限り、県外へ出ることが禁止されてしまった。

近年ではどこかの県で感染症が発生すると、すぐさま県境が閉ざされるのが通例だ。インフルエンザは頻繁に新型が生まれるし、大昔にパンデミックで五千万人が死んだこともあるらしい。最も警戒される感染症の一つだ。

「そんな……」

『あーあ、残念だったねー。せっかく洋太に恋人ができるチャンスだったのに、台無しだねえ』

さっきまで興味なさそうだった弥子は、どこか楽しそうに言う。

くっ、僕の不幸がそんなに嬉しいか。

『いや待て、方法はあるさ』

真琴姉さんがパソコンの画面越しに真剣な表情で言う。

『封鎖された県境を越えればいいんだ』

「……え？」

『洋太。金曜日に私の家に来てくれ』

金曜日――デートは土曜日にしようと麻音さんと連絡を取った――に、僕は松尾姉妹の家を訪れた。

二人の家に来るのは数年ぶりになるかもしれない。

真琴姉さんの部屋には弥子も来ていた。

「県境越えをする場合、問題になるのは二点。一つはGPSリング。もう一つはB県への侵入経路だ」

真琴姉さんが言うGPSリングとは、感染症が発生した地域の住人がつけなければならない腕輪だ。住人の動きを監視し、感染者が出ても感染ルートを特定できるようにするための道具だが、それによって住人は県をまたいで移動したらすぐにバレてしまう。

また、感染症発生地域から他の地域へ移動するルートは、すべて検問が行われているか、完全封鎖されて通れなくなっているはずだ。

「GPSリングはこれで誤魔化す」

真琴姉さんはICカードリーダーのようなものを取り出した。

「お姉ちゃん、何それ？」

弥子が怪訝そうな顔をする。

「ガジェットオタクのツテを使って手に入れた代物だ。感染症発生地域の住人は、GP

Ｓリングを十五分以上外していれば異常発生と見なされて通報される。だが、こいつを使えば『リングを外していない』と誤認識させることができる」

真琴姉さんはＩＣカードリーダー似の機械をパソコンに繋(つな)ぎ、アプリを起動させる。

その後、自分のＧＰＳリングを腕から外し、機械の上に置いた。

すると、ＧＰＳリングの表面に「Ｗｅａｒｉｎｇ（装着中）」という文字が表示される。

「どうだ？　これなら、ＧＰＳリングを外して長時間の移動も可能だ。Ｂ県へ行くことだってできる」

「さすが真琴姉さん……！」

この人は機械マニアで、謎のツテでよくわからない家電や機械を調達してくることがあるが、それが今回は役立ったようだ。

「後はＢ県への侵入経路だが……」

真琴姉さんはタブレットに地図を表示させ、隣県への経路を説明し始める。

「検問が行われているのは、山越えしていくルートと自動車専用道路を使うルートの二つだけだ。それ以外の道はすべてバリケードで完全封鎖されている。近づけば問答無用で拘束だ。だが、検問が行われているルートなら、抜けられる可能性がある。自動車道は免許を持っていない私たちでは通れないから、狙うなら山越えルートだな」

　そして今、僕と真琴姉さんと弥子は夜の山中にいる。

「弥子と真琴姉さんもついて来るのか？」

「もちろんだ。大好きな弟分の洋太に、初めて彼女ができる瞬間を見たいのさ。なにせ私はＮＴＲ（ねとられ）フェチだからなあ」

　真琴姉さんは何やら得意げにそう言った。

「ねとられ……？」

　なんのことだろう？

「昔のインターネットスラングだよ。最近、今世紀初頭のネット文化を調べることが趣味になっていてな。あまり深く考えるな」

「よくわからないけど、真琴姉さんがそう言うなら。弥子は？」

「……あたしも、今日はＢ県に行かないといけない理由があったから」

　弥子がごにょごにょと言う。

「理由？」

「……今日は『刻陰のアルカディアン』のＢＤの発売日なのよ！　向こうのショップで買わないともらえないの！」

「配信サイトで観ればいいんじゃないか？」

　ＢＤなんて今の時代、骨董品(こっとうひん)みたいなものだ。弥子以外に持ってる人を見たことがない。

「わかってないわね。『実物を所有する』ってことが重要なのよ！」

「弥子は尚物(しょうぶつ)主義者だからな」

　と真琴姉さんが呆(あき)れ半分の口調で言う。

「尚物主義って言い方、嫌い」

　不満そうに口を尖(とが)らせる弥子。

　実物を蒐集(しゅうしゅう)することにこだわるオタクは『尚物主義者』と呼ばれ、オタク仲間からも嫌われているらしい。

「そう怒るな、マイシスター。可愛い顔が台無しだ。まぁ、今世紀初頭なら、オタクは実物メディアを買うことが普通だったらしいぞ」

「そうなのか？」

「ああ。パンデミックで物流、店舗販売方式が崩壊する前だな」

　やっぱり昔の感覚というものは、いまいちピンと来ない。

　……いや、でもよく考えてみたら、僕がまだ幼い頃、本や漫画なんかは実物を買ったり、ＢＤで映画を観たこともあった気がする。その頃までは、かろうじて『実物を持つ』習慣が残っていたんだ。今なら本は電子書籍を買うし、映画もアニメも配信で観ることが普通だけど。

「さて、雑談は終わりだ。そろそろ始めようか、県境越えを。――準備はいいか？」

「ああ、いつでもいいよ」

「あたしもＯＫ」

「行くぞ！」

「「了解!!」」

Ａ県からＢ県へ行く山越えルートは、公道は検問されているため通れないが、山中の獣道を通れば県境を通過することができる。獣道は整備されていないけど、足元に気をつければ行けない道じゃない。

僕たちは足元に気をつけながら道を進む。

途中で真琴姉さんがスマートフォンを弄（いじ）ると――僕たちがいる場所と公道を挟んで反対側の山中で、甲高い炸裂音（さくれつおん）がした。

検問官たちは何事かと騒ぎながら、音がした方へ向かう。

その様子を見ながら、真琴姉さんは満足げに頷いた。

「スマホからの信号で大量のかんしゃく玉と爆竹が爆発するように仕掛けておいたのさ。陽動だ。これで検問官たちのこちら側への注意は薄くなる」

真琴姉さんの言葉と同時に、僕たちは県境に近づく。

僕たちは県境を越えて――

Ｂ県に侵入した。

県境越えは、意外なほど簡単に成功した。

「……よし!!　どうだ、洋太。計画通りだ！」

「やったね、真琴姉さん！　楽勝だよ！」

「ちょ、そんな大きな声を出したら――」

弥子の声を遮り、公道の検問所の方から声が響く。

「おい、そこに誰かいるのか!?　何をしている!?」

まずい、見つかった！

検問所から山中へ人が入ってくるのが見える。

「ああああ！　見つかっちゃったじゃない！　どうしよう、洋太ぁ!?」

「どどどどうしよう、真琴姉さん！」

検問所から僕たちがいる場所まで、数十メートルしか離れていない。道が整備されていないとはいえ、すぐにここまでたどり着くだろう。

捕まったら、Ａ県に強制送還だ。

麻音さんにも会えなくなる。しかも今後、感染症発生下で県境越えをした人間とレッテルを貼られ、世間に後ろ指をさされながら生きていくことになるかもしれない!!

検問官たちはもう数メートルのところまで迫っている。

終わりだ――

そう思った時、突然真琴姉さんが立ち止まった。

「……ここは私が食い止める。お前たちは先に行け」

「お、お姉ちゃん！」

「真琴姉さん……！」

真琴姉さんは僕たちに背中を向けながら、親指を立てる。

「行け」

その背中が――やけにカッコよかった。

真琴姉さんは検問官たちの方へ走っていき――

「確保ーーーーーー！」

「ぎゃあああーーーーーー！」

あっという間に取り押さえられた。

真琴姉さんの叫びが夜の山の中に響く。姉さんが囮（おとり）になってくれたお陰で、検問官たちは今、僕と弥子の方には注意を向けていない。

「真琴姉さん！」

助けに行こうとする僕の手を、弥子が引っ張る。

「あたしたちまで捕まったら、騒ぎが大きくなるだけだよ！　今は逃げないと！」

僕は弥子に引っ張られて、山中を進んでいった。

3

どれくらい山道を進んだだろうか。

僕と弥子は山中の林の中から、公道に下りた。検問所から少し離れた場所だから、周囲に人はいない。

「……真琴姉さん。アンタの死は無駄にはしない」

「いや、死んでないけど。多分、警察に捕まって家に強制送還だろうね。で、どうするの、これから？」

「麻音さんと会う約束になっているのは、明日の朝十時なんだ」

「えぇ!?　今まだ夜八時よ!?　半日以上、時間があるじゃん！　それまでどうするのよ、今晩に会うとかじゃなかったの!?」

「バ、バカ！　いきなり夜に会うなんて、それはちょっと不純すぎるだろ！」

「……ふぅん」

「え？　最初に会う時から、夜に会った方がいいのか？　それが普通なのか？」

「……いや、ダメでしょ。不潔」

「どっちだよ!?」

弥子は小さくため息をついて踵を返す。

「ふぅ。それじゃあたしはアニメショップに行くから」

慌てて弥子の手を摑んで引き止める。

「ちょ、ちょっと待ったぁ！　僕を一人にしないでくれええええ！」

「ええ……？　アンタ、元々は一人で行くつもりだったんでしょ」

「なんか急に怖くなったんだ！　真琴姉さんみたいに捕まるかもしれないし！　だから僕が麻音さんに会えるまで一緒にいてくれえ！」

「うわあ……」

弥子はドン引きした目で僕を見ていた。

結局、弥子は一緒について来てくれることになった。

「まったく、なんであたしがこんなこと……」

とブツブツ不満そうに言っていたけど、弥子は困っている人間を見捨てられない性格だ。

「とりあえず、まずはアニメショップに行くわよ。早く行かないと閉まっちゃうし」

そう言って弥子は、さっさと先に歩き出してしまう。

僕も慌てて後を追った。

バス停があるところまで行き、そこからはバスで移動する。

座席に座ってスマホのニュースアプリを見ると、感染症発生地域のA県の住人がB県に侵入したという警報が流れていた。

侵入者は逃亡しており、警察が情報提供を呼びかけているという。

バスに乗っていても、周囲からの目が怖い。

「僕たち、A県から入ってきたって、周りの人にバレてないかな……？」

小声で弥子に言うと、彼女も小声で返す。

「キョロキョロしない。堂々としてればバレないわよ。見た目とかでわかるわけないんだし。でも、方言でバレるかもしれないから、ここからは敢(あ)えて関西弁で喋(しゃべ)りましょう。せやったら、出身地を隠して、ただのお笑い好きと勘違いさせられるんやで」

「……せやな」

「……ええやん」

僕たちはかなりあやふやなエセ関西弁で話す。

やがてバスは駅前のロータリーに停車した。

僕と弥子はＩＣカードで乗車賃を支払って降り、駅前の雑居ビル地下階にある店へ向かう。

近年では、アニメショップは全国でも数えるほどしかない。B県のような都会に、小さな店舗がポツンとある程度だ。

『尚物主義者』の弥子は、今でも定期的にB県へ遠征しては、アニメショップに通っているらしい。

弥子は——変わっていると思う。

なんでそんなに実物を集めようと思うのだろう。

人間関係も、物質も、あらゆるものがデータやウェブに代替される時代に。

「身分証明書を出しなさい」

店内に入った途端、弥子は店員からそう言われた。

「……え?」

弥子はキョトンとする。

「なななんでですか? いいい、今まで身分証明書を見せろなんて言われたことないですけど……」

弥子の視線が完全に泳いでいる。関西弁にしようなんて言ってたのに、それも忘れるくらい動揺していた。

「A県での感染症発生と、B県への侵入者が出たという情報が入ったので、予防的措置です。住所が書かれているものでしたら、健康保険証でもマイナンバーカードでも問題ありません」

店員の言葉に、弥子は答えられない。

店員は疑いの目を強める。

「身分証明書を持っていない……と。なら、深く息を吸って、十秒呼吸を止めてみなさい」

そうきたか……！

これは感染症患者を見分ける方法として、一部の人に広まっているものだ。

昔はパンデミック状況下において医療体制が整っていなかったために、体調異常を訴えながらも検査を受けられない者が続出したらしい。そんな時、民間で使われるようになった簡易検査的な方法だという。

曰く、「深く息を吸って十秒間、呼吸を止めることができれば、感染症にかかっている可能性は低い」と。

……いや、そんな方法で見分けられるわけないだろ！　と思うのだが、信じている人はいる。突き指をした時は指を引っ張れば治る、という民間療法を未だに実践している人がいるのと同じだろう。

「弥子、ここはやっておいた方がいいかもしれない……。十秒、息を止めるくらい簡単だしさ」

「う、うん……すぅ～～……」

弥子は大きく息を吸う。

「げほっ、げほっ」

その瞬間、咳をしてしまった。

「えええ……」

「いや、なんか息吸った瞬間、むせちゃって！　仕方ないでしょ、不可抗力よ！」

店員はすばやく後ろに下がり、僕たちから二メートルの距離を取った。二メートルという距離は、ＳＳＤ（セーフ・ソーシャル・ディスタンス）と呼ばれる、感染症患者とコミュニケーションを取る際に安全とされる距離だ。

つまり――この店員は、僕たちを『感染症罹患者』と認識したということになる……!!

「みんな、防護服を着て集まれ！　密集と濃厚接触に気をつけて取り押さえろ!!」

店員の呼びかけに応じ、他の店員たちが防護服とフェイスガードを装備して集まってくる。

「あわわわ……」

弥子は完全にパニックになっている。僕は咄嗟に、出入り口近くにあった等身大のアニメキャラクターのパネルを倒す。店員たちの進路を塞ぎ、その隙に弥子の手を引いた。

僕たちは店から飛び出した。

「逃げよう！」

「よ、洋太」

4

僕たちはなんとかアニメショップ店員から逃れることができたが、その後も気の休まる瞬間がなかった。

どこかの店に入れば、身分証明書を出せと言われ、追われる。

口調に微妙な方言が出て、Ａ県の人間だと見破られ、追われる。

警察などに行き渡っているＢ県侵入者の背格好の情報から、バレて追われる。

とにかく追われ続けた……。


そして深夜零時過ぎ。

僕と弥子は町から少し離れた公園の草むらの中に身を隠していた。

「はぁ、はぁ、はぁ……もう追っ手はいないな……」

「…………」

弥子は黙り込んでいる。

「弥子？　大丈夫か？」

「……やってられるかあああああーーーーーーーーーー!!」

弥子がいきなり絶叫した。

「なんでこうなのよ!?　昔は――昔はこうじゃなかったんでしょう!?　テレビとかネットで見る昔の風景でも、もっと普通に人が出歩いてたし、県境が封鎖されるなんてなかった！　あたしは――あたしはその頃の方がよかった！」

「弥子、落ち着いて」

「帰る！」

弥子を止めようとするが、彼女は僕の手を払って、早足で歩き去ってしまった。


弥子がいなくなった後、僕は一人で公園に残った。

一人で無言でベンチに座っていれば、誰からも声をかけられない。そのため、僕がA県から入ってきたのだということがバレることはなかった。

意外なことだけど、一人でこうやって静かにジッとしているのが一番安全みたいだ。

「…………」

麻音さんに会うのは、今日の朝十時。それまでここで大人しくしていよう。

ベンチに座って、ぼんやりと空を眺める。

そのうちにいつの間にか、眠り込んでしまっていた……。


社会はこの十数年で大きく変わったらしい。

確かに、僕や弥子がまだ子供の頃、社会の在り方は違っていた。ネットを介さずに人が人と会う習慣はまだ残っていたし、人が県をまたいで移動することも珍しくなかった。弥子と真琴姉さんの家は僕の家のすぐ近くだから、幼かった頃はよく一緒に遊んだ。ネットではなく、実際に会って町中で遊ぶことが多かった。

今は本も映画も全部電子データで楽しむことが普通だけど、その頃はまだ『実物を楽しむ』という志向が強かった。絵本や漫画を貸し借りしたりすることもあったし、アニメを家で一緒に観たりすることもあった。

それが変わったのは、いつ頃からだっただろうか――

社会全体で人と人が会うことは急激に減っていった。

リアルでの交流減少のせいで少子化が更に進んだこともあり、ちょうど僕らの世代で学校の形態も変わった。僕たちは学校に登校しなくなり、ウェブで授業を受けるようになって、友達とリアルで会うこともほぼなくなった。

「友達でも実際に会う機会はできるだけ少なくしなさい。それが社会のマナーだ」

親や教師はそう言った。

友達どころか、親子や夫婦で別居する家族も増えていった。

僕も弥子や真琴姉さんと会うことはほとんどなくなった。ＳＮＳや電話でやり取りすることはあるけれど、『一緒に遊ぶ』ということは激減した。

その頃にはもう既に、本やエンターテインメントメディアの実物を持つことは人々の間で嫌われていた。

けれど、弥子は実物を買い続けた。

「ねえ、面白い漫画が手に入ったんだけど」

とか、

「今期覇権アニメのＢＤを買ったわ！　一緒に観ない？」

と、昔はよく僕にＳＮＳのメッセージで伝えてきた。

でも、僕はもう『人と人が会うことは一般的じゃない』『実物を買うことは危険で愚かだ』という、新世代のルールの中に沈んでいた。弥子と会って漫画の貸し借りをしたり、アニメをＢＤで一緒に観たりすることはなかった。

弥子は変わっていく世界に抵抗するように、実物を買い続けた。

僕たちは社会変化の過渡期にいる。

もし僕らが生まれるのが、あと二十年、三十年先だったら——生まれた時から今みたいな社会だったら、きっと弥子もこの社会を受け入れていただろう。

でも、僕たちはちょうど変化する前と後を知っている。

そのギャップを知っている。

弥子は変化を受け入れず、変わっていくことに反抗を続けている。


「洋太！　洋太！　起きなさいよ」

耳元に聞こえた声で、僕は目を開けた。

寝起きでぼんやりしている視界の中に弥子がいた。

「はぁ〜……やっと起きた」

弥子はため息をつきながら言う。何やらすごく疲れているようだった。

あたりを見回すと、もうすっかり日が昇って明るくなっている。

「よく公園のベンチなんかで寝られるわね」

弥子は呆れたように言う。

「……なんで弥子がいるんだ？　帰ったんじゃ……？」

弥子は自分の家に帰ると言って、立ち去ったはずだ。

「帰り道でも検問されてるし、帰れなかったのよ！」

「ああ……」

考えてみれば当然だった。A県とB県を行き来する道は、感染症発生下の今は二つしかない。昨夜、僕たちが県境越えしたせいで、余計に警戒が強まっているだろう。B県に入る時に使った山越えルートは、完全に通れなくなっていてもおかしくない。

「結局帰れなくて、途方に暮れてたら、夜が明けちゃうし！　公園に戻ってきたら、洋太は呑気(のんき)に眠っちゃってるし！」

弥子は憤慨しているが、僕はふと今が何時なのか気になった。携帯電話は、位置情報がバレるかもしれないから、持ってきていない。着けてきたアナログな腕時計を確認する。時間は九時三十分を過ぎていた。麻音さんとの待ち合わせ時間まで、あと三十分もない。

「ああああああああ！　行かないとっ！」

ベンチから立ち上がり、待ち合わせ場所の駅前へ向かう。

「ちょ、ちょっと！　あたしを置いていかないでよっ！」

弥子も慌てて追いかけてくる。

5

結論から言えば、僕は麻音さんに会えなかった。

待ち合わせ時間の十時に駅前に着き、その後一時間ほど待ち続けたが（弥子も近くで隠れながらその様子を見ていた）、麻音さんは現れなかったのだ。

急用でも入って来られなくなってしまったのか。

それとも感染症発生地域から、まさか来るわけがないだろうと麻音さんは思ったのか。

「電話してみたら？」

一時間も立ち尽くしている僕に、弥子が声をかけてきた。

「携帯を持って来てない……位置情報がバレるかもしれないと思って……」

こういう事態を想定していなかったことが、間抜けだった。

「はぁ……」

ため息をつく僕に、弥子が一冊の漫画を差し出してきた。

「……あげる。これでも読んで元気出しなさいよ」

「……それは？」

「どーせアンタはデート失敗して落ち込むだろうと思ってたから、慰めるために一冊持ってきたのよ。ギャグ漫画だから、少しは気が紛れるわよ」

「……僕は紙の漫画は集めないけど」

「いいから！」

弥子に押し付けられるようにして漫画本をもらう。実物の本を持つのなんて、ずっと昔の小さな子供の頃以来だった。

弥子なりに、僕が落ち込まないように励まそうとしてくれているのかな。

「ありがとう、弥子」

僕がそう言うと、弥子は何も言わずそっぽを向いた。

それにしても、これからどうしようか。B県に来た理由はなくなってしまったし……。

僕はしばらく途方に暮れて、ふと思いついた。

「……なぁ。弥子が言ってたアニメのBD、今から買いに行こうか？」

「え？」

弥子は僕の言葉が意外だったのか、キョトンとした顔をする。

「探せば、アニメグッズ売ってて、身分証明書とかいらない店もあるだろうし。その後、なんとか家に戻ったら、一緒に観よう」

弥子はしばし意外そうに僕を見て、

「……うん」

少しだけ嬉しそうに頷いた。


その後、日が落ちてから山中の獣道を通って、なんとか僕と弥子はA県に帰還した。

弥子が家に帰ると、真琴姉さんはもう家に戻っていた。どうやら検問官たちに捕まりそうになったが、かろうじて逃げることができたらしい。

麻音さんとはその後、なぜか連絡が取れなくなってしまった。

「理由はわかんないけど、フラれたのよ、洋太は」

と弥子は言う。

「やっぱりそうなのかなぁ」

けれど、あまり落ち込みはしなかった。

麻音さんとオンラインで会うことがなくなった分、昔のように弥子の部屋に行って、一緒にＢＤで映画やアニメを観たりする機会が増えた。

その時間は――思いのほか、楽しかった。

僕はきっと麻音さんのことは引きずらないだろう。ずっと僕の近くにいた人が、麻音さん以上に大きな存在だと気づいたから。

「ねえ、弥子。今度デートしてみないか」

「は、はぁ!?　ななな何よ、急に？　デートって、何するのよ」

「オンラインデートだよ」

「……いや、オンラインって……あたしたち、実際に会ってるじゃない。オンラインの意味、あるの？」

「ＶＲ旅行って言ってさ、バーチャル空間にいろんな国の風景や地形を完全に再現して、本当にその国に行ったような体験ができるらしいんだよ」

「……へえ、面白そう。それなら行ってみたいな」

昔とまったく同じじゃない。

でも、すべてが変わっていくわけでもない。

僕たちはそんな時代に生きている。

6

B県への遠征後、洋太と弥子の関係が少し変わったことを感じ取り、私は思わず口元に笑みを浮かべた。

パソコン画面にはSNSのページと、『小之本麻音』と書かれたプロフィール画面が表示されている。

私の名前は『松尾真琴』だから、当然この名前は本名ではない。年齢、B県在住、プロフィール画面の写真なども、すべて捏造だ。

「……これで洋太と弥子がくっつけばいい」

ネット上では『小之本麻音』として洋太と接してきたことも、すべては弥子と洋太の仲を少しでも変えるためだ。

昔は仲が良かったのに、最近ずっとあの二人は疎遠になっていた。

弥子が洋太に対し、未だに好意を持っていることは、姉として妹を間近に見ていればすぐにわかった。

当初は、私が『小之本麻音』として洋太に接近し、弥子に危機感を抱かせ、二人の仲を進展させようと計画した。我ながら、『小之本麻音』という架空の女を完璧に演じたと思う。

しかし、洋太は思った以上に麻音にのめり込んでしまった。そのうえ弥子は、その状況に苛立ちながらも、自分から動こうとしなかった。我が妹はヘタレである。

そこで私は洋太をB県に誘い出し、私と弥子もついていき、私はわざと検問官に捕まるふりをして途中退場。変則的ながら、洋太と弥子のデート状態を作り出した。

ちなみに、山中で私が大きな声で話していたのも、検問官たちに気づかせるためにわざとやっていたことだし、その後の逃走方法もあらかじめ考えてあった。

「計画はうまくいったようだな」

もう必要性を失った『小之本麻音』のデータは、SNSサイトから削除しておこう。

「フフフ。『妹に好きな男の子を寝取られる』か。ゾクゾクするなぁ」

ああ、
鬱くしき日々よ！

十和田シン

1

「ねぇ、昼ご飯まだ？」

寝室には領土の狭い簡易テーブル。不安定な丸椅子に腰かけ、眼鏡の奥にある本来は大きな瞳をこれ以上なく細めながらイラストの彩色仕事をしていた桐乃雫は、背中を刺した氷のような声に体がねじ切れるのではないかという勢いで振り返った。見るからに不機嫌そうな顔をした男が一人。体は細く薄く色白で、切れ長の目が印象的な彼は、雫の恋人であり、この1LDKに共に住む同棲相手、久戸礼だ。年はともに二十五歳。同棲して三年が経つ。

「えっ、あっ、もう、そんな時間？　ご、ごめん、すぐに終わらせるから」

イラストはキャラクターの瞳にハイライトさえ入れればもう完成。三分もせず終わる。しかし礼は息をつき何も言わず去って行った。足音が大きい。雫はしまったと仕事を放って立ち上がる。またやってしまった。

隣の部屋、日当たりの良いはずのリビングは厚手のカーテンで覆われ、冴え冴えとした青白い昼光色の照明が部屋の太陽。ちょうどその下、二人がけのテーブルで礼のノートパソコンとコーヒーカップが悠々とバカンスしている。そこにご主人様のご帰還だ。

パソコンを再起動させる礼に、雫は「すぐ作るね」と言って、小走りで台所に入った。時間は十二時六分。部屋に渦巻くのは凶暴ながっかり感。

「礼くん、何か食べたいものある？」

冷蔵庫の中を確認しながら明るく尋ねても、返ってくる返事はない。雫は「そうめんにしようかな」と大きな独り言。それには返事が返ってきた。

「器、別にしてよ」

ちくり。

同じ器に入れた食べ物を箸でつつきあうのは不衛生だし、だからといってたかが昼食のそうめん相手に菜箸を使うのは面倒、そんなこともわからずに選んだんだろうな浅はかだなという彼の気持ちが伝わってくる。

だから雫は「わかった」と笑顔で頷いて、並べた二つのトレイにそれぞれお皿を置いた。

十五分もすればトレイが料理で賑やかになる。片方だけ。

「お待たせ」

礼のトレイをテーブルに運んで、今度は自分の分を用意する。

こっそり窺うと、めんつゆの中、突き落とされたそうめんが嫌々泳がされていた。溺れてしまうのではないかと心配になるくらいに。

自分の分を用意して彼の正面に座ると、彼が待ち構えていたように「あのさ」と口を開く。

「テレワークになっても一日の流れは会社通りでいきたいって話したよね？」

そうめんが器の底に沈んでいく。

礼の会社では十二時ちょうどにお昼ご飯。家事担当の雫がそれに合わせるためには、十一時半にはキッチンに立つ必要がある。しかしいつまで経っても雫は現れず十二時を回り、十二時五分。犯行現場を押さえた礼が寝室に籠って仕事をしていた雫のもとに事情聴取に来たというわけだ。

「俺、今日、午後から打ち合わせあるんだよ」

聞いていなかった、知らなかった。十二時に食事を出していれば知らずにすんだお話。

「こういう言い方するの好きじゃないけど……稼ぎの軸は俺だよね？」

生活費の割合は雫が三で礼が七。

「ほんの少しでいいから気を遣って欲しいと思うのは、俺の我が儘かな」

雫は「そんなことないよ！」と声をあげる。

「ごめん、作業に集中していたせいで……」

「そう言うけどさ」

礼が食い気味で反論する。

「俺が声かけても作業続けようとしたよね」

これが言いたかったのだ、彼は。

「俺が声かけに行ってる時点で、もうだめじゃん？　なのに仕事続けようとするって何。前もそういうのやめてってお願いしたよね？」

「そ、それは……」

「雫にも仕事があって大変なのはわかるよ。でも、一緒に暮らしてるわけだしさ。守って欲しいルールはあるよね。家のことが疎かになるなら仕事とのつき合い方も考えたほうがいいんじゃないのかな。俺が細かすぎる？」

「う、ううん。言いにくいこと言わせちゃってごめん。私が悪かったよ。次から気をつける。本当にごめんね」

謝罪に礼の表情がようやく柔らかくなった。

「いや、俺のほうこそうるさく言ってごめん。わかってもらえてよかった」

礼が器の底、息もできずに黙っていたそうめんをすくい上げ、さっと口に運ぶ。その所作は美しい。

雫はといえば、硬くなった頬をなんとか動かし、笑顔を作りながらすくったそうめんがすべって落ちてつゆが飛んだ。

「汚い」

「ご、ごめん」

その後、早々に食べ終わった礼が歯を磨くために席を立つ。一人になった雫は食事を一気に流し込んで、洗い物を流し台に運んだ。カーテンはそのままに少しだけ窓を開くと、軽やかな風が吹き込んでくる。雫は静かに息を吸い、ひっそりと吐く。

片づけが終わったところで礼が戻ってきて、ほんの少し前は食事用、今は仕事用に戻ったテーブルに腰かけた。

「……雫、窓を開けたら閉めてって前言ったよね」

「あ、ご、ごめん」

何ひとつ上手くいかない。

片づけを終えて寝室に戻ると、リビングから礼のしゃべり声が聞こえてくる。打ち合わせが始まったのだろう。

雫の元にも仕事のメールが届いていた。新規の仕事依頼だ。いつもなら嬉しいのに、今日は憂鬱。納期が短い。

作業の速さと対応力の高さを売りにやってきた雫は、面倒な案件やトラブルの末に舞い込んだ仕事依頼が多かった。一日が百時間あるとでも思っているのかと疑いたくなるような納期設定もままある。そんな無理難題をこなすことに達成感があったのだが。

雫は先方に断りのメールを出した。仕事に追われると、家のことが疎かになる。先ほどのように。

礼の涼しげな言葉運びに、氷のような冷たさが混じるようになったのはいつからだろう。

出会いは、高校。三年の時に同じクラスだった。特別仲は良くないが、全く話さないこともない、ごくごく普通のクラスメイト。ただ、マスク越しの知的な横顔に心惹（ひ）かれるものがあった。

それから別々の大学に進学し、再会したのが二十歳（はたち）の記念に行われた高校のリモート同窓会。当時、感染症の煽（あお）りを受けて父親の収入が減少し、家の濁った空気ばかり吸っていた雫。『現在』のしがらみから解放されて懐かしさと素顔での会話に高揚するなか、大人びた礼の姿がひときわ輝いて見えた。聡明（そうめい）な彼に明るい未来を感じたのかもしれない。そんな雫の好意が透けて見えたのだろうか。礼が雫に声をかけてくれた。会話は弾み、気づけば交換していた連絡先。

二人での会話が始まり、二人で会うようになり、交際、同棲と順調に進む。

あのリモート同窓会の時と同じように、でも直接面と向かってマスクをせず素顔で話せるようになったのが喜びだった。

このご時世、人と人との間に距離ができ、出会いの場は減ったが、人間関係を社会で生きるうえでのたしなみ程度にしか捉えていない人種にとっては、不要な関わりを遠ざけられる時代でもある。雫も気心の知れた人たちが数名いれば充分で、そんな相手に巡り会えたことを奇跡と呼んだところで差し障りないだろう。

ただ。

二人で暮らし始めて間もなく、礼の言葉に戸惑いを覚えることが増えた。

例えば自分の仕事を終えて趣味のアクセサリー作りをしていた時。仕事から帰ってきた礼が開口一番、言ったのだ。

『いいね、ヒマで』

彼はすぐ『雫は手先が器用だね』と褒めてくれたが、胸に残った確かな痛み。それはさながら氷の針。

一度であれば忘れただろう。しかし、氷の針は一本、また一本と増えていった。

——仕事が大変なのかも?

同棲時期はちょうど礼の就職に重なっていて、彼は毎日忙しそうだった。

仕事のストレスが膨大なうえに、互いに初めての同棲という不慣れな出来事が重なって、余裕がなくなっているのかもしれない。

在学中から在宅でできる仕事を探してイラストやネット漫画に色を塗る彩色のバイトを行い、仕事に関する経験がいくらか豊富だった雫は彼を支えることに決め、家事の一切を請け負った。それには礼がいたく感謝していた。いつかまたそのうち、同棲前の落ち着いた彼に戻るだろうと期待が持てるくらいには。

しかし、同棲から一年が過ぎても彼の態度が変わることはなかった。

気にしすぎなのだろうか。言葉の受けとり方を間違っているのだろうか。雫は繰り返し悩んだ。

しかし、悩めば悩むほど氷の針に敏感になっていく。

雫は思い切って彼に打ち明けることにした。

「礼の言葉が刺さることがある」と。

彼を責める気持ちは毛頭なく、それこそ「気にしすぎだよ」とか、「そんなつもりはないよ」とか、笑い飛ばして欲しかった。

『ハァ？』

返ってきたのは、史上最低温の反応。

『だったら俺も言わせてもらうけどさ』

彼の口から出てきたのは溺れるほどの不平不満だった。

『家事を全部やってあげてますって顔してるけど、けっこう手抜きだよね？　食事、お惣菜ですませることあるし、ワイシャツにアイロンあててくれないし、掃除だってさ、雫の物が多すぎていつも散らかってるように見えるんだよ。なのに雫は楽して浮かせた時間で趣味にかまけて自分のことばっかり。俺はこんなに頑張ってるのに、稼いでるのに、甘えることも支えてもらうこともできない』

次から次に知らされる雫の悪。

『そりゃ冷たい言葉だって出るだろ、俺のこと感情がないＡＴＭとでも思っているのか！』

彼の口から飛び出す氷の針は、全て雫の罪の形。

お前は被害者ぶっているだけの加害者だ。礼はそう突きつけてきたのだ。

——全部、私が悪かったの……？

気にしすぎだと笑い飛ばして欲しいだなんて願ってしまった愚かさに馬鹿を言うなとギロチンが落ちる。

くらくらと意識が遠くなる。思考がぶつかり、散って消えていく。息が上手く吸えない。

『あ、ごめん、雫……』

口に酸素が押し込まれた。

『言い過ぎた。疲れてたんだ。ごめん』

赦しがこれほどまでに尊いものだと知らなかった。礼が『ごめん』と繰り返す。

『あ、う、ううん……私、至らないところ、いっぱいあったみたいで、ご、ごめんね。これから気をつけるよ』

震える声を必死で押し出す。知らないうちに彼を傷つけていたことをきちんと詫びたかった。

礼が嬉しそうに微笑む。

『わかってもらえてよかった』

礼の表情は日差しを浴びたように明るく、雫の心は土に埋められたように暗かった。

それから雫は自分の行動を改め、もっと献身的に彼に尽くすようになった。

しかし、何かを正すと新しい課題が提示され、それを乗り越えると別の試練が降りそそぐ。

雫は礼に自分の意見を伝えるのが怖くなった。何か言おうとするたびにあの時の光景が蘇り、口が勝手に閉じるのだ。

ただ、礼が怒りを露にしたのはそれこそあの時だけ。

余計なことを言って波風を立てるよりも黙っている方が賢明だと思うようになった。

それに、礼が出社してしまえば一人になれる。自分の時間でしっかり気晴らしをしておけば余裕をもって礼と向き合えた。礼に変わって欲しいと願うのではなく、自分が変わればいいのだ。

二人で暮らす日々が続いていく。雫の口数はどんどん減っていく。

そんなある日、彼が言った。

『仕事、テレワークに切り替えるよ』

もともとは感染症の拡大をきっかけに多くの会社が導入したこの制度。本人が望む場所でのストレスフリーな働き方は社会に広く浸透していた。

ただ、従来通りのスタイルを貫く会社も多く存在し、礼の会社もそれだったのだが、今回思い切った改革に乗り出すことになったそうだ。

まずは希望者からということで、礼は真っ先に手を挙げたらしい。

『家で仕事するの楽そうだし』

ちくり。

そして二人の在宅ワークが始まり、三か月が経つ。

雫が仕事用に使っていたリビングのテーブルは礼が占拠し、日当たりのいい窓はパソコンが見えづらいとカーテンで塞がれ、家の時間は彼のスケジュールで進んでいく。

在宅ワークだからこそ家事を請け負っていた雫だったが、二人揃(そろ)って家で過ごすことになってもそれは変わらず、逆に要望は増えていった。その多さと細かさは、まるで百科事典。全てを覚えることができず、取りこぼしては叱られる。

そのうえ、礼の外出が極端に減った。人と接触がないことが礼と感染症の間に距離を作り、安心感を生んでいるようだ。しわ寄せは当然雫の元に。前なら自ら出向き買っていただろう大きなものから小さなものまで全て頼んでくる。感謝の言葉は一つもなく、逆に雫を感染症に近い人間として距離をとった。同じ器の食べ物を避けたのもそれが理由だ。

夜になると、場所は入れ替え。寝室が礼の国となり、雫はリビングに移動する。

「……はぁ、まただ」

雫は眼鏡を外して目を擦る。ここ最近、視界がゆがむようにぼやけることが増えた。視力の低下を疑い眼科に行ったところ、右が一・〇で左が〇・七。目立った問題はなく、左だけ度が入った眼鏡を購入してかけるようになったのだが、文字は鮮明になっても世界が歪む感覚は治まらない。

なんとか区切りのいいところまで仕事を終わらせて、ベッドに入る。礼は既に眠っていて、雫が寝る側に背を向けていた。

「礼くん……」

そっと、手を伸ばして触れようとする。でも、目を覚ましたら？　雫は手を引き、胸元で緩く拳を握った。

こうやって気安く手を伸ばすこともできない関係がこれからも続いていくのだろうか。

くらっ、と視界がねじれる。動悸が不安を全身に流し始めた。大丈夫、落ち着いてと自分の胸を自分でポンポンと叩く。

ふと、同棲前のことを思い出す。

あの時期、二人でよくドライブに行っていた。車の中で人目を気にすることなくおしゃべりし、青空の下を並んで歩いて、同じ景色に感動する。

「そうだ、旅行……」

礼はテレワークになってから、カーテンの閉まった暗い部屋の中、籠ってばかり。知らぬうちに鬱屈とし、ストレスを溜めているのかもしれない。外に出て日光を浴び笑い合えれば、上がる気持ちもあるのではないだろうか。

なにより、礼と『楽しい』を共有したかった。

雫は自分の中にある勇気をかき集め、礼の笑顔を思い浮かべながら眠りに就いた。その日は巨人に追いかけられる夢を見た。

「……え、旅行？」

翌朝。雫は即座に自分の発言を後悔した。礼の表情が明らかに険しくなり、冷え冷えとした空気が流れたのだ。『あの時』と同じだ。

「ね、寝る前に、なんとなく思いついて。ほんと、なんとなくだから。気にしないで、

ご、ごめん。あ、そういえば

「いや、旅行に行きたいって話でしょ」

ごまかして終わらせようとしたところで礼は逃がしてくれない。

「お金どうするの？」

「そ、それは私が出すよ」

「はぁ？　お金ありますアピール？」

「えっ、違うよ！　そんなこと、考えたこともない！」

雫の思考からあまりにもかけ離れたことだったので、思わず強めに否定してしまった。

それが礼のしゃくに障ったらしい。

「どうだか。生活費たいして出してないし、貯金あるんじゃないの。いいね、無責任で」

礼の声が低くくぐもる。

「行ってくれば？」

「え」

「旅行。一人で」

それでは意味がない。雫は礼と一緒に行きたいのだ。

しかし礼は旅行に行こうなんて言いだした雫を罰するように「行ってきなよ」と高圧

的に繰り返す。

「行きたいんでしょ。行ってこいって」

何がそんなに罪深かったのか。

ぼんやり考えながらも雫は自分の今までの行いが正しかったことを理解した。雫の意見なんて、伝えるべきじゃなかったのだ。黙って彼の言葉だけ聞いていれば良かったのだ。

雫は体を小さく丸め「そうだね、一人で行ってみようかな」と絞り出す。

礼は急に優しくなって「楽しいよ、きっと」と笑った。

2

——仕事のスケジュールはどうなってるの、いつなら時間があるの、雫の仕事って土日関係ないよね、だったら人が少ない日に行ってきなよリスクも少ないし、はい、行ってらっしゃい。

礼に話した翌週、木曜日。雫は高速を車で走っていた。

朝、朝食を食べ終え、マスクをつけて「行ってくるね」と言った雫に、彼は「充分気をつけて」と一言。旅の安全を祈願する言葉だったらどんなに良かっただろう。これは感染症を家に持ち込むことがないように、もっと言えば礼に病をうつすなんてことがないようにという勧告でしかない。

　窓の外、景色が変わっても思考は礼がいる部屋の中。今、彼は何をしているだろう。何を考えているだろう。……怒っているだろうか。

　こめかみがズキズキと痛みだす。目にぐっと力を込めて、逃げ場を探すように視線を持ち上げた。

「あ」

　そこには案内標識と目的地の名前。雫は慌てて車線を変更し、高速を下りる。改めて景色を見ると、街は消え、四方が山で囲まれていた。県境を越えるのも気を遣うこのご時世、雫は境を越えることのない緑豊かな場所を目的地として定めた。昔、礼と行った場所だ。

　道を進めば、川を越える橋が増えていく。

「ついた……」

　ザアア、と打ちつける水の音。脇にある小さな駐車場に車を停め、マスクを装着してから音がするほうへと進んでいく。

「滝……」

　高さは三十メートルほどあるだろうか。てっぺんから落ちる水が中腹の岩場に一度叩きつけられ、そこから改めて滝壺へと落ちていく二段滝だ。これだけ立派な滝が、山の奥まった場所ではなく道路沿い、橋の上から見ることができる。

平日の午前ということも手伝って周囲には誰もいない。雫はマスクを外して深く息を吸った。

肺が重たくなるだけだった。

「……なんでここにいるんだろ」

雫は滝を正面に、深くうなだれるように俯く。目に映るのは滝の勢いに追いやられ流されることしかできない水の群衆。その中に雫の暗く重たい黒い影が混じっている。

右手を上げて、手を振った。影も同じように手を振った。

なぜだろう。「おいでよ」と言われているような気がした。ゆりかごのような心地よさがそこにある。今すぐにでも抱かれたくなった。

ぶわりと背中が膨らんで、閉じ込めていた感情が皮膚を裂き、七色の羽根を作るような感覚。

開いた羽根が雫を優しい場所に連れて行ってくれる。

ちょうど同じ瞬間だったと思う。

やたらとうるさいバイクの音が雫の鼓膜を叩いたのは。

「っ……！」

息が詰まってよろめいた。後ろに一歩、二歩、後ずさり、力が抜けそうになったところで橋の欄干を摑む。はぁ、と吐いた息は熱く、重く、硬かった。反射で息を吸うと額に玉のような汗が浮かぶ。その一つが流れ出し、雫の目に入った。雫は眼鏡を外し、目を擦る。深呼吸を繰り返す。

何をしようとした？

次に流れた汗は、恐ろしく冷たかった。

バイクのエンジン音は、先ほどほど大きくはないが持続している。曲がった背と膝に力を込めてそちらを見ると、雫の車のすぐ隣にバイクが並んだ。

バイクの主は背が高く、スポーツを二つ三つやっていそうな体格で、黒革のジャンパーが威圧的な見るからに男だった。

不良だろうか。

安直と偏見が混じった視線で彼を見る。

「っはぁ！」

バイクの主がヘルメットを外す。少し垂れた目尻と、上がった口角。見た目に反して人受けの良さそうな朗らかな顔立ちが現れた。年は雫と同じくらいだろうか。彼は水浴びを終えた犬のようにブルブルと頭を振り、ヘルメットを地面に置いてこちらを見る。

「あっ」

彼はパッと自分の口を押さえ、ポケットの中からマスクをとり出し装着した。雫も慌ててマスクをつけたところで、男が大きく右手を上げる。明るく軽快な挨拶だった。マスクをつけていても彼の笑顔がわかった。

それに、雫は圧倒される。なんとか頭を下げて挨拶を返すと、男は挨拶をありがとうというように頭を下げた。

彼は雫から距離をとった場所に立ち、滝を眺め始める。やりとりは終わったが、雫の心臓はバクバクと激しく打ち鳴っていた。

生身の人間に挨拶をされたのが、久しぶりだった。

人間って、いるんだ。

バカみたいな感想がこみ上げる。

同じ家に礼と暮らし、買い物や病院でいくらでも人間は見ているはずなのに、今まで味わったことのない感動が雫の体を駆け巡った。

しかし気持ちはすぐに冷めていく。

——たかが挨拶だろ。

礼の呆(あき)れた声が聞こえてきたからだ。

それに、観光地とはいえ人気(ひとけ)のないところで知らない男と二人きりというのは居心地が悪い。

雫はそっと橋の欄干から離れて車に戻り、バイクと男を横目にその場から去った。これで彼とはさよならだ。

しかし、車を走らせながら思い出す。にこやかで、不快の欠片もない彼からされた挨拶を。

礼から挨拶をされたのは、いつのことだろう。こちらから挨拶をしても返してくれないことはザラにあり、そのたびに、怒られているような気持ちになった。実際に怒ってもいたのだろう。雫には考えが及ばない理由で、考えが及ばないことにも苛立ちながら、毎日、毎朝。

ちくり。

氷の針は彼がいてもいなくても、いつでもどこでも胸に刺さる。

雫は路肩に車を停め、ハンドルに顔を埋めぎゅっと目を閉じた。

「……帰ろうかな」

でも、旅行に行きたいと言った罪はまだ赦されていないような気がした。この旅は所詮、償い行脚だ。

二つ目の目的地は森の中にある水源地だった。

水源地は先ほどの滝とは違い、駐車場からしばらく歩く必要がある。

「あれ……？」

ガラガラの駐車場にバイクが一台。先ほど、滝で出会った男性が乗っていたバイクに似ていた。まさかね、と思いながらマスクをして、水源地へと続く遊歩道を歩く。ここも昔、礼と来た場所だ。

礼は静かに微笑んで、雫の隣を歩いていた。

そう、笑ってくれていたのだ。

あの笑顔が見たくて、雫は彼を旅行に誘った。

笑顔が遠のいた。

でも、よくよく考えれば彼が笑顔になれない理由は氷の針と同じように雫の中にあって、場所を変えたところで得られるものではなかったのかもしれない。

そもそも、旅行に行けば彼と一緒に楽しい気持ちを共有できるという考え自体がただの押しつけのエゴじゃないか。

どうして口に出す前に気づけなかったのだろう。いつもそうだ。礼の気持ちを無視して彼を傷つける。

彼から笑顔を奪っている。

何もかも自分のせいだ。

「……った」

またこめかみがずきんと痛んだ。頭の中、脈打つ血管をリアルに感じる。木に手をついて、息を吸った。現実に向き合おうとすればこれか。弱い自分が惨めで情けない。このまま目を開くことなく消えてなくなってしまいたい——。

「あれっ!?」

しかし、大きな声にパッと目が開いた。顔を上げると、樹齢百年は超えるだろう大木に囲まれた水源地。池を覆う木々の葉をそのまま溶かしたような深碧(ふかみどり)色の水は、川底から湧き上がる気泡まで鮮明に見通すことができた。

でも、それ以上に目立つのは、目を丸く、口をあんぐりと開けて雫を見ている大柄な男。先ほどの滝で出会ったバイクの男だ。男はまた慌ててマスクを装着し、再び右手を大きく上げた。滝の時と同じように口元を覆っていても明るく笑っているのがわかる。この偶然を楽しんでいるようだ。

雫はといえば男の陽気に当てられてドギマギしてしまった。下げた頭はぎこちなかったが、胸はまろやかに温かい。頭まで緩く溶けていく。

（何考えてたんだっけ……）

記憶を遡(さかのぼ)ろうとしたが、湧き上がる水の姿に思考が止まった。流れるように男の様子を窺う。彼は水面に向かって熱心に携帯を向けていた。写真でも撮っているのだろうか。

そういえば、今日は一枚も写真を撮っていない。撮る気にもならない。

以前、この場所を訪れた時は水の綺麗さに感動して、写真だけではなく湧き出る水を動画にまで撮っていたというのに。色んな角度から、何度も何度も。

礼が「そんなに撮ってどうするの」と笑っていた。

ゾッとした。

あの時は、くすぐるようにからかわれていると思っていた。

でも、今、思い出した光景の中、彼の目は笑う口元に反して冷たい。

――どういうこと？

同棲前の優しかった彼。それが愛しく懐かしく、またあの笑顔に会いたかった。

でも、本当に、笑顔はあったのか？

鈍感な雫が気づかなかっただけで、当時から彼は氷の針を持っていたのではないか。

楽しかった思い出が一転し、色をなくして凍りついていく。

くらりとした。また頭痛だ。目を閉じると、カーテンを閉めた部屋の中、冷たい眼差しで雫を見る礼の姿が浮かぶ。

「あっ！」

思考のカーテンが勢いよく開け放たれた。

声に引っ張られてそちらを見れば、男が水源地とは逆方向、木々の先に携帯を向けている。どうしたのだろうと疑問に思っていると彼はこちらを向いて、木の根を指さす。

雫も彼と同じように「あっ」と声をあげた。

焦げ茶の毛に覆われたずんぐりむっくりの動物がいる。野生生物だ。見た目や大きさは狸に似ているが、顔は細く尖っている。

雫は自然と携帯をとり出し、ずんぐりむっくりにカメラを向けていた。

「あっ」

しかし人間の視線に気づいたのか、雫が写真を撮るよりも早く木の陰に隠れ、姿を消してしまう。

「あ～……」

落胆が口から漏れた。

「送りましょっか？」

「え」

男が自分の携帯を掲げる。

「写真。今のアナグマ」

「アナグマ？」

聞いたことがあるような、ないような、それがずんぐりむっくりの名前らしい。

「この辺の山に住んでいるんですよ。害獣指定されているから人がいるところまで下りてくるのは困りものですけど、見られてラッキーでしたね」

アナグマが消え去った方角を見つめ、男が語る。見るからに強そうな外見をしているのに口調は温和で心ある態度だ。さっき、彼を不良のようだと思ってしまったことを反省する。至って『良』じゃないか。

（ラッキー、か……）

幸運を感じられるような体験なんて久しくしていなかった。記念に写真が欲しい。しかし、旅先で知らない男から写真をもらったことを礼に話せるか？

「見ることができただけで、充分です」

写真はいりませんというお断り。男は「たしかに！」と笑って携帯を下ろした。雫は頭を下げて、駐車場に向かって歩きだす。男との距離ができたところで振り返ると、彼はまだ風景を楽しんでいた。雫は歩調を緩め、携帯を操作し、アナグマを調べる。先ほど出会ったずんぐりむっくりと同じ姿が並んだ。

雫の口から、ぽつりと零（こぼ）れる。

「……写真、欲しかったな」

水源地に別れを告げて車を走らせながらも、思い出すのはアナグマのことばかり。どうしてこんなに執着してしまうのか自分でもわからない。

第三の目的地は、森を抜けた小高い丘にある広大な植物公園だ。前二つと同様に、礼と来た場所でもある。今日はここを最後に戻るつもりだ。

「………」

足どりがどんどん重くなっていく。

（礼くん、どうしてるかな）

俯き眺める土くれは随分と顔色が悪い。

（やっぱりアナグマの写真、もらっておけばよかった……）

こんなダメな自分にも訪れる幸運があるのだと思いたいのかもしれない。雫はぼんやりと視線を遠くに向けた。

「え」

売店の前、頭一つ分抜けた背の高い黒革のジャンパー男がいる。バイクの彼だ。

そんなまさかと思ったのは雫だけではない。売店で昼食を買っていたらしい彼もこちらに気づいて「えっ」と声をあげた。

「車のおねえさんだ！」

彼は知り合いにでも会ったかのように右手を上げて、ぶんぶん大きく振り回す。勢いに引っ張られて雫の右手も持ち上がりひらひら舞った。それが意図せぬ合図になったようだ。彼がこちらに駆け寄ってきた。そんなつもりじゃなかったんですなんて通じないし言い出せない。気構える雫との距離があと二メートルになったところで彼はピタリと止まった。

「二度あることはなんていうけど、ホントに三度目があるなんてすごいですね！」

目の前にあるのは、純然たる喜びと晴れやかな笑顔。

——あ。

それを浴びた途端、道の両脇に咲くひまわりが、それを眺め楽しそうに笑う人たちが、遠くなだらかに連なる山が、突き抜けるような青空が、一気に雫の目に飛び込んできた。

（広い）

圧倒され、息を呑む。

大きく開いた瞳の中、映るもの全てが朗らかだ。

それに触れたくて、雫の足が前に踏み出そうとする。

しかし、突如響いた電話を知らせる着信音が、世界にあっけなく幕を下ろした。

「れ、礼くん!?」

雫は慌てて電話に出る。

『昼飯』

低く冷たい声。

『昼飯、何食べたらいいわけ？』

十二時六分。

旅行に気をとられ、礼の食事の準備を忘れていた。

「ご、ごめん！　えっと」

雫は冷蔵庫の中の物を必死で思い出す。

「サンドイッチ！　サンドイッチならすぐ作れるよ！　戸棚にパンがあって、それから」

電話の先から、重いため息が聞こえた。

「ご、ごめんなさい。そういうことじゃないよね。食事、用意してなかった。すみません」

雫は頭（こうべ）を垂れる。

『旅行、よっぽど楽しみだったんだね。俺のことどうでもよくなるくらい』

「違うの、私、あ、今から帰る……」

『ゆっくりしてきて。じゃ』

電話はぷつりと切れた。

雫はメッセージで『本当にごめんなさい』と送る。既読がついただけで終わった。

吐きそうだ。

「大丈夫ですか？」

礼と雫だけの世界に、突然、知らない男がまぎれ込んだ。いや、バイクの男だ。

「顔色、悪いですよ。ちょっと座ったほうが」

雫はブルブルと顔を横に振る。

「帰ります。帰らないと」

直接謝らないと。

だけど、水風船の上でも歩いているのかと思うほど、足下がぐにゃりぐにゃり。

「家、近いんですか？」

——まだいるの？

しつこさに苛立った。今、それどころではないのだ。

「放っておいてください」

口から放った氷の針。

「車でどれくらいかかりますか？」

しかし、彼は全く動じなかった。それどころか心配の色を濃くして、より丁寧に尋ねてくる。一瞬で自分の行いを恥じた。なんて醜く情けない。

雫は「すみません」と謝ってから、自分が住む街の名前を告げる。

「いや、遠い！　ここから二時間以上かかるじゃないですか！　しかも高速でしょ。そんな状態で運転したら事故っちゃいますよ！」

男が雫の行く手を阻むように立った。

「とにかく一回座ってください」

男はすぐそばにある木陰のベンチを指さす。こんなご時世でなければ、手を引いてでも休ませたのだろう。

どうして、と雫は心の中で彼に問う。

旅で会うには多すぎる三回。でも、人生単位で見ればたったの三回。そんな他人相手になぜそこまで優しくできるのか。

世界が揺らめいた。今までとは理由が違う。雫の目に張った薄い膜のせいだ。

「このまま見送れませんよ、お願いですからいったん休んでください」

雫の潤んだ目を見て男はますます心配してくる。雫は眼鏡を外し、目を擦ってから、行き先を木陰のベンチに切り替えた。

「これどうぞ」

ベンチに腰かけ約三十分。涙と一緒に不調が引き、顔色もいくらか良くなってきたところで男がドリンクをベンチに置いた。透明なカップの中、ミントが氷と一緒にたゆたっている。

「そんな、いただけません」

「そこをなんとか。水分補給で」

男が頼み込むように両手を合わせた。

「それにうまいんですよ、ここのアイスハーブティー」

言われると確かに爽快なハーブの香りがする。雫の体調が良くなるまでつき合ってくれた相手だ。好意を無下にするほうが失礼かもしれない。

「……ありがとうございます」

水滴のついたカップを両手で支えストローで吸い上げると、喉に清涼感。体中にまとわりつく不安が押し流されていくようだった。

「……美味しいです」

男が親指を立てて上下に振った。軽快な動きには「でしょ?」や「良かった」といったポジティブな言葉がいっぱい詰まっている。

その明るさに、導かれる言葉があった。

「……アナグマ」

未練がましく思い続けていたもの。

「あの、さっきのアナグマの写真、いただけませんか?」

あの写真が欲しい。

しかし、伝えてから怖くなった。

――さっき断ったクセになんだ、だったらあの時に言えばよかったじゃないか、ハーブティーを奢らせたうえに今度は写真？　厚かましいな、図々しいな、つき合ってられないな。

　次から次に湧き上がる言葉たちは全て礼の声と同じ響きをしている。

「いいですよ！」

　彼の指が即座にＯＫサインを作った。丸く繋がる指の中、杞憂で終わった言葉たちが吸い込まれるように消えていく。

「アドレス教えてもらっていいですか。あとでちゃんと消すんで」

　言われたとおり教えると『こんにちは』というメッセージが入る。雫も『こんにちは』と返した。シンプルながらも連なる会話を食い入るようにじっと見つめてしまう。

　すぐにでも写真が送られてくると思ったのだが、男が「あっ」とトラブルを予感させる叫び声をあげた。

　どうしましたと視線で窺う。彼は携帯と雫を交互に見て『すみません、これが一番写りの良い写真です……』。

　送られてきた写真には、隅っこにかろうじてぼやけた黒い塊が写っていた。生き物なのかもわからない。

『すみません……！』

ついてないとか、がっかりしたとか、いくらでも哀しい気持ちになれる写真だ。でも、こみ上げたのは全く違う感情。

「……ふはっ」

雫は笑っていた。

「あははっ」

おかしくて、面白くて、仕方がなかった。

「ご、ごめんなさい！　ふふ、ふふふっ」

口を押さえ、我慢しようとすればするほど笑いがこみ上げる。男が「メチャクチャ下手ですよね！」とストレートに自供してきたので、それがまた面白くて体を折り曲げ笑った。一体何がそんなに面白いのか、自分でもわからない。ただただおかしい。男も「あはは」と明るく笑う。目尻に刻まれた笑いジワが優しい。

『俺、入野広太っていいます。みんなには広太って呼ばれてます』

ひとしきり笑い終えたところで、メッセージが入った。

『広太さんですね。私は桐乃雫です』

『雫さんですね』

自らの口で声を発し会話することにリスクが伴うこの時代、携帯なら気兼ねなく話せる。

広太は雫と同じ二十五歳で、ツーリングが趣味だそうだ。休みの日はバイクであちこち回っているらしい。ただ、行く先々でここまで同じ人に何度も会ったのは初めてだと言った。

『おかげで助かりました』

あのまま帰っていたら彼が言ったとおり、事故を起こしていたかもしれない。そうなれば、礼に迷惑をかけてしまう。彼もきっと呆れるだろう。何をやっているんだ、そういうところがだめなんだと。

――どうしてそんな人と一緒にいるの？

ふと、思い浮かんだ言葉。雫はなんてことを考えているのと自らを叱責する。勝手に想像した自分の失態予想で、礼に否定的な言葉を投げつけるなんて。外の空気が雫をおかしくさせているのだろうか。

好きだから。彼のことが好きだから一緒にいる。

そうでしょう？　と胸の内で唱えた言葉は、聞き分けの悪い子どもを説き伏せるような強さがあった。礼の機嫌を悪くするようなことは考えないでと。

『ハーブ、好きですか？』

対話していた自分が「わかっているよ」と言うよりも早く、広太が脈絡なく訊いてきた。「えっ」と戸惑いの声をあげてから、先ほど飲んだハーブティーを思い出して頷く。

『この町、ハーブの栽培が盛んなんです。特にハーブティーの人気が高くて、ここから車で十分のところに専門店もあるんですよ。そこに行けば、オリジナルブレンドのハーブティーも作れます』

自分好みの、自分だけのハーブティー。そういえば、部屋が散らからないように礼が無駄だと感じるものは全て捨ててしまった。

雫の持ち物、雫が好きなもの、雫の趣味、他にも色々。

あの部屋には雫が自分を感じられるものが極端に少ない。――雫がいない？

『行ってみませんか？』

足がふわりと浮き上がった。

ハーブティーなら礼の目につかないところに置いておける。それに消耗品だ。ほどよく後腐れなく迷惑をかけることもなく消えてくれるだろう。

『アナグマの件、挽回させてください』

続いた言葉にまた笑ってしまう。

雫はじっと考えてから立ち上がった。

これは弱い自分の、現実逃避。

『よろしくお願いします』

自分だけのものが欲しい。

先導するバイクの運転は丁寧だった。

運転しやすい速度で、一旦停止、右折、左折、こちらを気にしながら細かくサインを出してくれる。

広太は右手を大きく上げて挨拶したり、同意するように親指を立てたり、身振り手振りで会話をすることが多かったが、仲間たちとのツーリングで声を使わず会話することに慣れているのかもしれない。

「あ」

ヘアピンカーブを一つ、二つと越えて道なりに進んで行くと、小さな白い建物が姿を現した。広太が速度を落とす。看板には『ハーブティー専門店』。

建物よりもずっと敷地が広い駐車場にまずは広太がバイクを停め、雫も車を隣に並べる。

一メートルほど距離を空けて広太の後ろから入った店の中。爽やかというよりも無理矢理たたき起こすような攻撃的清涼感が雫を出迎えた。ただ、衝撃は最初だけで、香りはすぐに落ち着き穏やかに。植物公園で飲んだアイスハーブティーに香りが似ている。

「すみません、オリジナルブレンドのヤツ、やりたいんですけど」

店員が「お二人様でよろしいですか？」と訊いてくる。広太は詰まることなく「はい」と答えた。

店の奥には外観と同じ白いテーブルがあって、雫と広太、店員の三人がそれぞれ距離を空けて座る。

「こちらをどうぞ」

店員が用意したのは何種類ものハーブと、ハーブの味や香りや効能が書かれた一覧表だった。

「気になるものがあれば言ってください」

口に入れるのだから味や香りが気になるが、それ以上に気になるのが効能だ。

胃の不調、高血圧、むくみ。様々な症状が一覧表に並んでいる。ハーブは薬ではないが、波のある日々に寄り添ってくれるのだろう。

(『自律神経の乱れ』……)

礼がテレワークになってから仕事が終わらず夜更かしすることが増えていた。自律神経も乱れに乱れているだろう。

(『不眠』……)

そういえば、ベッドに入っても頭が冴えて寝つけないことが多い。結局携帯を見てしまい、気づけば数時間経っていることもある。

(『目の疲れ』)

ある。

（『疲労』）

ある。

（『不安』）

ある。

並ぶ項目のほぼ全てが当てはまる。

疑問が湧いた。

——こんなに不調だらけで、大丈夫なの、私？

「どうされますか？」

店員に訊かれ、現実に引き戻される。

「俺、ペパーミントにしようかな」

慌てる雫の席一つ分空けた隣、広太の口から具体的なハーブ名が出た。

「これぞハーブって香りがします」

雫が効能一覧表という大きな海に囚われている間に、広太は香りまで確認していたらしい。雫は並べられたサンプルからペパーミントをとり、香りを味わう。丸まる背中を真っ直ぐ伸ばしてくれるみずみずしい爽快感。店に入った時に味わった香りに似ている。植物公園で飲んだアイスハーブティーにも。

「私もペパーミントで……」

言ってから、人のマネをする意志がない人間だと思われないか不安になった。しかし広太も店員も気に留めることなく、今度はブレンドするハーブの話に移っていく。

何もかもが杞憂で終わり、時間が真っ直ぐ流れていく。

これがカーテンが閉まった礼と暮らす部屋と同じ世界の出来事なのだろうか。

オリジナルハーブティー作りは終始和やかな雰囲気で進み、雫が望む形にできあがった。

店員の勧めで試飲することになり、せっかくだからと店のテラス席へ。

別々のテーブルに腰かけた雫と広太の前に、店員が入れてくれたハーブティーが置かれる。広太と顔を見合わせてからカップに口をつけゆるやかに招き入れると、再び体に清涼感。癖はあるが、雫の体はこれを求めていたのか、カップの中があっという間に空になった。

広太がこちらを見て、親指を立てる。なんて優しい世界だろう。雫はこの時間を楽しむように、ポットに手を伸ばした。

そういう時に現実はやってくる。

「あっ！」

携帯の着信音。雫の顔が一瞬で強張（こわば）った。

礼からのメッセージ。

『今どこにいるの？』

頭の中が一瞬で爆ぜた。

どうしてそんな質問をしてきたのか。ただ訊いてみただけなのか。いや、そんなはずがない。何か意味があるはずだ。昼食を作り忘れ、謝ったが赦されるはずもなく、今から帰ると伝えても「ゆっくりしてきて」と拒絶された雫の居場所を訊く意味が。

考える時間が欲しい。しかし、待たせてしまえばよからぬ疑惑をかけられる。

よからぬではない。

雫は今、男と二人で過ごしている。

背筋が凍りついた。軽率としか言えない。裏切りと思われても仕方がない。

ここにきて罪悪感が一気に膨れあがる。むしろなぜ、今まで感じずにいられたのか。

これが現実逃避か。逃げられるはずもないのに。

正直に、ハーブティーの店にいますと打とうとしてやめた。

礼の食事を準備せず不快にさせておきながら旅行を楽しむ雫を彼はどう思う？

『これから帰るところだよ。昼ご飯のことは本当にごめんなさい。反省しています』

逡巡の末、雫はそう返した。

『旅行楽しかった？』

能面のような文章が浮かび上がる。

『どこに行っても礼のこと考えちゃうよ』

動悸も、のしかかる不安も、全て杞憂であってくれと願わずにはいられない。だって、外の世界はこんなにも優しく穏やかじゃないか。

返信はすぐにきた。

『いいよな、旅行。俺は今日も仕事してるのにさ』

——ああ、これだ。

礼はこれが言いたかったのだ。

無表情だと思っていたメッセージの文面が冷たく尖って飛んでくる。

『結局昼飯食べてない』

『こんなんじゃ仕事に集中できない』

『旅行とか危機感なさすぎだろ』

『なんで俺のこと巻き込もうとするの？』

『俺に対する感謝の気持ちないよね、雫は』

『雫といると虚しくなってくる』

『俺に価値があるって思わせてよ』

『もっとちゃんとサポートしてよ』

『俺だってこんなこと言いたくないのに』

『俺が間違ってる？』

『俺が悪いの？』

着信音が止まらない。

礼は雫への怒りを抱え、今日という日を生きているのだ。

ずきんとこめかみが痛んだ。文字がぼやけて見づらくなり、焦点を定めようと目に力を込めれば鈍器で殴られたような痛みが走る。目を閉じた。真っ暗闇の中、鈍色（にびいろ）の鉄格子（てつごうし）。ここは牢獄（ろうごく）。景色もなければ光もない。また着信音。看守様がお呼びだ。目をそらすことは許されない。雫はまぶたを針先ほど開ける。

しかし、そこにあったのは礼からの新着メッセージではなかった。

『大丈夫ですか』

天から下りたクモの糸。顔を上げれば広太が正面に立っていた。ずっと雫を呼んでいたのに気づかなかったらしい。

「わ、たし、私……」

すがりついたところでぷつりと切れるのが運命か。

「礼が、怒ってて……！」

それでも糸を摑んでしまった。

説明不十分な言葉に、広太が「どうしてですか？」と会話を繋げる。

「私が彼を怒らせるようなことばかりしたから」

「俺と一緒にここに来たことですか？」

雫は首を横に振り、落ち着きなく立ち上がる。

「いつもなの、いつも私が悪くて、私のせいで彼を怒らせて。帰らなきゃ、ううん、先に返信しなきゃ、謝らなきゃ。でも、どう謝ったらいいの。どうしたら、どうしよう、早くしないと礼がもっと怒る、違う、違うのに、ううん、違わない、だって私、どうしよう」

頭の中は滅茶苦茶だ。息が乱れて胸が苦しい。

早く礼に会わないと、彼に赦してもらわないと、息が吸えない。

でもどうすれば赦してもらえる？

発作的に叫びそうになった。だってわからない。何ひとつわからない。何も見えない――

「雫さん」

これだけの混乱を前にしながら、広太の声は落ち着いていた。まるで違う世界にいるみたいに。

「順番にやりましょう」

じゅんばん？

「一つ一つ順番に」

広太がポットの中で留守番していたハーブティーをカップに注ぐ。風と一緒に立ち上がるペパーミントの香り。扉が開くように意識がそちらに向くのが自分でもわかった。

「彼氏さんですか？」

「え？　礼？　は、はい。同棲中の……」

「何か行き違いが？」

「行き違い……？」

「彼氏さん、雫さんのことを誤解しているんじゃないですか？」

「ご、かい……？」

悪いのは雫。罪も罰も全て雫。礼に非はなく誤解もない。そういう世界で生きてきた。

「旅行のきっかけ、訊いてもいいですか？」

広太はゆったりと一つ一つ確認してくる。そう、順番に。細くも強靭（きょうじん）なクモの糸。その場にストンと腰を落とした。ハーブティーの香りが一層濃くなった。

「……もともとは」

雫は話しだす。

「礼との関係に、不安を感じたのが、きっかけで……」

今回の旅の理由を。

感情が飛び散る雫の言葉は拙くたどたどしい。しかし広太はじっと耳を傾けてくれた。バラバラになったピースをかき集め、形にしていくように。


「……雫さん」

話を聞き終えた広太が雫の携帯を一瞥してから、雫を見た。

マスクの奥、彼の唇が、ゆっくりとそれを『告知』する。

「『DV』だと思います」

え、と押し出した声は擦れていた。

DV?

いやいや、と笑う。

「私、殴られたり、蹴られたりしているわけじゃないんです。だから、違います」

「言葉で相手の人格を否定したり、精神的に痛めつけたりすることも、DVなんですよ。暴力だけをそう言うわけじゃないんです」

いやいや、とまた笑う。頬が引きつっている。

「そんな大袈裟なものじゃないんです。礼だって厳しいことを言うことはあるけど、悪い人ではなくて。あ、私の説明の仕方が悪かったんだ！　すみません、誤解させて。違うんです、私も、礼も、普通の人で」

聞いたことがある。存在は知っている。でも、自分たちがそんなものであるはずがない。

「雫さん、体に出ているじゃないですか」

雫の唇が中途半端に開いたまま止まった。

「頭痛、動悸、不安。目が見えづらくなるのだって、心因性による可能性が大きいかもしれません。心が傷つけられて悲鳴をあげているんです」

一気に喉が渇いた。

「彼氏さん、雫さんのことを所有物のように扱っていませんか？　自分は絶対に正しいと思いこんで、雫さんを一方的に責めていませんか？　勝手な法律を作って、それを破ったらまるで犯罪者扱い。雫さんの選択権を奪って、精神的な拘束を強めていく」

広太が爪先でマスクを指さした。

「このウイルスが流行（はや）ってから増えているんです。でも、家の中のことだから周りから見えづらくて、本人も声をあげにくい」

礼との日々が思い起こされる。彼がテレワークになってから、カーテンの閉まった部屋で礼と二人。息を殺して暮らしていた。

いや、もうずっと前からおかしかった。同棲した時から。もしかすると、その前から。

「理不尽ばかりの毎日で、自分が悪いと思うことでしか現実を受け入れられなくなって、体が苦痛に順応していく。でも、消えることなく蓄積していくんです、痛みは」

その時、またメッセージの着信音が鳴った。

雫の体が跳ねる。絶対に礼からだ。

いつまで経っても返事がこないことへの苛立ちを感じた。

その音に怯(おび)えながら、雫は広太に震える声で尋ねる。

「私、DVを、受けているんです、か?」

そう口にした瞬間、礼が今まで放ち続けていた氷の針がその姿を変えた。

ナイフだ。

礼は何度も何度も雫を言葉のナイフで刺し続けていたのだ。

雫は自分の体を抱きしめた。

——血まみれじゃない。

こみ上げてきたのは、衆人に裸体を晒(さら)すかのような激しい羞恥。

DVを受けている自分が、惨めでみっともなくて無価値な人間に思えてしょうがなかった。そんな自分が今日という日までのうのうと生きてきたことが恥ずかしかった。

は、は、と呼吸がどんどん浅くなっていく。

携帯が鳴った。

メッセージではない、電話だ。

雫の脳みそがグチャグチャにかき混ぜられていく。絞って注げばそれは地獄の色をしているだろう。

「電話、出なきゃ……」

しかし雫の思考はすでにパブロフの犬。震えた手が携帯に伸びていく。

雫は気づいた。

結局自分は、礼という絶対的な存在に依存することでしか生きていけない人間なのだと。

彼がいない世界は怖い。

それに、雫のせいで礼はＤＶを行うようになってしまったのではないか？

雫が至らず鈍感で、彼を苛立たせてばかりいるから、否応(いやおう)なく。

だったら礼のＤＶは雫のせいじゃないか。

「雫さん」

広太が雫の携帯を覆うように手を置いた。

――何をするの、やめて、離して、礼の機嫌が悪くなる。

溺れ沈み、息ができない湖底でも、そこが雫の暮らす国。礼が王様で雫は僕(しもべ)。彼を怒らせれば命はない。

「雫さんは悪くないんですよ」

携帯を奪い取ろうとした雫の手が止まった。

「あなたは悪くない」

広太が確信をもって告げる。

――私の何を知っているの、あなたに何がわかるというの。

「悪くない」

広太の手が携帯から離れた。

しかし雫を見つめる彼の雄弁な目が唱え続ける。

あなたは悪くないと。

「私……」

雫の手が携帯を摑んだ。

「わた、し……」

持ち上げた携帯はひやりと冷たい。

この先に、礼がいる。

その携帯の電源を、雫は切った。

広太が立ち上がる。

「景色がいいところ、たくさんあるんです。見に行きませんか」

先導するバイクの後ろ、雫の車が続く。

木の葉が織りなす緑の屋根、動物たちがのどかに草を食む牧場、長い橋の先、連なる山々のグラデーション。

今まで見たことがなかったもの、知らなかったことが、どんどん目に飛び込んでくる。

「ここ、俺のお気に入りです」

空は夕暮れ。案内されてのぼった展望台は視界を遮るものが何ひとつなかった。どこを見ても、遠く広く、穏やかな緋色に染まっている。

「向こうの方角、最初に会った滝があります」

広太が指さす。

「すぐそばに水源地。少し離れた東の方角に植物公園。ハーブティーの専門店も、あのへんですね」

今日の道のりを、広太の指がなぞる。そのどれもがゆったり寝そべる森の先。

雫が住んでいる街も、家も、部屋も針先ほどのひとしずく。全ては些事だ。

雫はその場に座りこんだ。

「帰りたくない」

呻くように声を絞り出す。

言葉のナイフで刺されながら、それでも笑って我慢しなければいけないあの空間に帰りたくない。

好きとか、嫌いとか、そんなことはどうでもいい。

もう礼とは一緒にいられない。いたくない。

「帰りたくない……！」

顔を上げれば夕日に照らされた広太が右手を上下させている。ゆるやかな動きだ。何か伝えようとしている。雫は必死で彼のサインを読みとろうとした。

「……雫さん」

「あ」

夕日に照らされた広太の影が長く伸びて、雫の背中を撫でている。

雫が気づいたのを察して、彼の手がより優しく動いた。

容易く触れあうことができないこの世の中で、彼は確かに雫に触れ、慰めてくれているのだ。

喉が引きつった。胸がいっぱいになった。あふれ出すものがあった。

「そんなことされたら……勘違いします……！」

雫の目から涙がこぼれ、眼鏡の縁にしずくを作る。たまらなく嬉しいからこそ、苦しい。『応えて』欲しくなってしまう。

広太がじっと雫を見つめた。

「……俺、東京に異動するんです」

初めて会話がズレた。

「来週には、地元を、ここを離れます」

ああ、と息をつく。

雫は体を伏せ、頭を深く垂れた。

ああ、ああ、ああ――勘違い。

彼の優しさは平等なのだ。そもそもそうでなければ、旅先で会った見知らぬ人相手にここまで優しくできるはずがない。

そんな彼に、勝手に期待していた。

でも、と雫は思い直す。彼が雫を思いやってくれた気持ちに偽りはなく、今も心から心配してくれているのがわかる。それに、色々与えてくれたじゃないか、彼は。

「そうだったんですね」

雫は顔を上げて、笑った。たぶん、上手く笑えていない。でも、笑いたかった。

そして、決めた。

「……私、家を出ます」

不安はある。むしろ不安しかない。礼にどう切り出せばいいのか、家を出てどこに行けばいいのか、自分だけの収入で暮らしていけるのか。

でも、いくらでもやりようはあるのではないかと今は思えるのだ。

だって世界はこんなに広いじゃないか。

探せば支援もあるだろう。声をあげれば、手を伸ばせば、助けてくれる人はきっといる。

「広太さんのおかげです」

ありがとうと。

彼と同じように心から告げようとした。

「雫さん」

それを遮るように、広太が口を開く。

「俺と一緒に行きませんか？」

笑顔が落ちる。

「え」

「俺と一緒に、東京に」

涙が止まった。

「何言ってんだこいつですよね。俺も非常識だってわかってます。でも、滝で雫さんを見つけた時から気になって。……そのまま水の中に吸い込まれそうだったから」

ハッと息を呑んだ。

「慌ててバイク停めて、悩みあるなら聞きますよって言いたかったんです。でも、言えなかった。あの人大丈夫だったかなって考えてたら、水源地で会えた。表情、少しだけ落ち着いてて安心しました。でも、やっぱり影がある。今度は声をかけられたけど話を広げられなかった。そしたら、植物公園でも会えて。何かの連絡に、顔が真っ青になって。あ、これが理由かなって」

広太は雫以上に雫が置かれている現状を察知していたのだ。

でも彼が言いたいのはそれじゃない。

「アナグマの写真見せたじゃないですか。手ぶれの酷い写真。笑ってくれたじゃないですか。ずっと俯いてたのに、顔を上げて楽しそうに。俺、思ったんです。マスク邪魔だなって。顔、見たいなって」

広太の言葉に胸が熱くなっていく。体中に突き立てられていた氷のナイフが溶けていく。

「今日会ったばかりで、しかも弱ってるところにつけ込むようなまねするの嫌なんです。でも、俺と一緒に来て欲しい、それが今の俺の全てなんです」

広太が雫に向かって手を伸ばした。彼の影が、雫の足元にかかる。

雫は立ち上がって、そっと手を伸ばした。彼の影に雫の影が重なった。

影伝いに手を握りしめ合う。

それが終わりと始まりだ。


自宅についた時には深夜零時を回っていた。

部屋に明かりがついているのは車を停めた時点で確認している。カーテンの向こう、黒い影。

ドアを開ける瞬間、緊張した。しかし、開けるのに時間はかからなかった。

「あ、おかえり」

意外なことに、礼が明るくそう言った。雫の帰宅にホッとした表情を浮かべている。

「遅いから心配してた」

言葉に嘘(うそ)はなかった。優しい顔をしていた。そんな顔、久しぶりに見た。

でも、雫はマスクをつけたまま寝室へと進む。

クローゼットの中からバッグを取り出し、仕事道具を中につめた。

「え、どうしたの」

背後から礼の驚く声。ハンコや通帳、最低限の衣服、必要なものだけ淡々とバッグにつめていく雫を見て、さすがに察するものがあったのだろう。

「雫、ごめん！　今日の俺、態度悪かったよね！」

礼が潔く謝った。ここまで素直な謝罪を聞いたのは初めてだ。今までであれば、救われた気持ちになっていただろう。本当の救いがそこになくても。

──『今日』の『俺』だけなんだね。

雫はバッグを手に立ち上がる。

「待ってくれ！」

礼の横を通り過ぎようとしたところで彼に抱きしめられた。

「リストラされたんだ！」

それにはさすがに感情が揺れた。

リストラ？

「テレワーク、ウソなんだ！　リストラされて仕事がなくなったから、家にいるしかなくて……でも、雫に話せなくて！　雫に強く当たってた。本当にごめん！　全部俺が悪かった！」

彼は縋るように懺悔する。

「雫がいなきゃ生きていけない！　お願いだ、許してくれ！　もう一度チャンスをくれ！　雫のこと、愛してる！」

雫を抱きしめる腕に力がこもる。

あれだけ強く恐ろしく見えた礼が、弱くか細く見えた。

誰かに立ててもらわなければ自我を保てず、何をしても赦されることに安堵する。

雫がいなければ生きていけないというのもきっと本心だ。彼は彼なりに雫のことを愛しているのだろう。

でもきっと、ここで赦せば、同じことの繰り返し。

今までも、感情を荒らげた後や冷たい言葉を投げた後は妙に優しかった。雫が離れないための、飴と鞭。

雫は彼の手を払いのけた。

「し、雫……！」

そのまま足早に部屋を出ようとする。

「男、か？」

体が跳ね、足が止まってしまった。

「ああ、そうか。そうだよな」

礼が歯が砕けそうなほど噛みしめる。

「意志薄弱でろくな稼ぎもない雫が一人で家を出られるはずがない。新しい男ができたから気持ちよく乗り換えってわけだ」

ナイフだ。

礼の言葉が、雫の胸を突き刺してくる。何度も何度も思いきり。

「ここのところ、態度がよそよそしかったのも男ができたからか。なにが旅行だよ。男の存在を誤魔化したかったのか？　それとも浮気の罪悪感を消したかったのか？」

ははは、と礼が乾いた笑い声をあげる。

「今日は家を出る手はずを整えてたんだ？　そりゃ昼飯なんか用意しないよな。俺から連絡がくるたび、男と笑ってたのか？　なぁ、なぁ！」

礼が「あー、そうか、そうだったんだな！」と目が覚めたように言う。

「俺が働いてる間、男と会ってたんだな！」

礼は侮蔑の眼差しで雫を見た。

「俺が家にいるから会いにくくなって我慢ができずお別れか！　なぁ、俺がリストラされたこともホントは気づいていたんじゃないのか。そうだよな、一緒に暮らしてたら気づくよな。そこまでバカじゃないよな。それで、金がない男は『はい、さようなら』ってわけだ。あー、全部が繋がっていく、全部見える！　単純なお前が考えてることなんて、なんでもわかる！　最低だな、お前は！」

礼の叫びを全て聞き、雫は振り返った。

目が合って怯んだのは礼の方だった。

雫は眼鏡を外し、その場に落とす。

そして一言。

「今までありがとう、礼。……元気でね」

雫は礼に向かって、精一杯笑いかけた。

礼の目が、口が、ぽかんと開く。

彼に背を向け、部屋を出て、扉が閉まる直前、ドサリと座りこむような音が聞こえた。


「大丈夫でした？」

外に出ると、広太が駆け寄ってくる。危ないと何度も言われたのに一度家に戻ることを押し通してしまったのは、愛情の残り香。それを自分で断ち切った。

「自分で自分の道を選択しました。私、今日という日を後悔しません」

眼鏡を外しても、不思議と世界はよく見える。清々(すがすが)しい気分だ。

しかし、あれだけ明朗だった広太の表情は曇っていた。

広太さん？　と名前を呼ぶよりも早く彼は言う。

「辛(つら)かったですね」

ピクッと雫の皮膚が跳ねた。

「頑張りましたね」

広太の声は雫を労(いたわ)るように優しい。

「雫さんは悪くありませんよ」

礼の前、乾いていた瞳が、あっという間に海になった。そのぬくもりの中、溺れることなく雫はたゆたう。

「ありがとう、ございます……」

もう、我慢しなくていいのだ。

「ハーブティー、飲みたい、です」

広太が息をつくように笑って、雫の荷物に手を伸ばす。

「飲みましょ」

雫は彼に自分の荷物を預けた。

それが、雫と広太の肌が初めて触れた瞬間だった。

しずるさんと
見えない妖怪
～あるいは、
恐怖と脅威について～

上遠野浩平

「私って怖がりで、ほんとに駄目ね」

「あら、そうかしら？」

「そうよ。なんにでもびくびくしちゃって、必要以上に怖がっちゃって、こんなんじゃなんにもできないって思うんだけど――」

「でもよーちゃん、それって悪いことかしらね」

「悪いでしょ。要は勇気がないってことなんだから。怖い怖いって言ってるだけで、それを言い訳になんにもしないのは、やっぱりよくないよ」

「よーちゃんは、この世で何が一番怖いのかしら」

「え？　えと――一番？　そう言われると……」

「私は、あなたがいなくなることが一番怖いわ、よーちゃん。あなたがつらい目に遭ったり、苦しんだりするのが一番怖いって思ってる」

「……しずるさん、それはずるいよ。そんなこと言うのは。……ずるいわ、ほんと」

「ふふふ、ごめんなさい。でも本心よ。そして、だから私には、よーちゃんは怖がりであって欲しいって気持ちがある」

「えーっ、どうして？」

「よーちゃんは今、勇気がない、って言ったけど、それは少し間違っているわ。怖がることと勇気の有る無しは、ほとんど関係のない話だから」

「関係ない、って……なんで？」

「勇気というのは、なんのために必要なんだと思う？」

「えっと、だから……怖いことでも立ち向かえるように、でしょ？」

「それが、少し違うところなのよ。よーちゃんは〝恐怖〟と〝脅威〟をごっちゃにしている」

「〝恐怖〟と〝脅威〟？　いったい何の話なのか、よくわからないけど……」

「よーちゃんは小さい頃に、ご両親から〝おばけが出るぞ〟みたいなこと言われたりしなかった？」

「う、うん。クローゼットの中にはおばけがいるから、勝手に開けるな、とか脅されていたことがあったけど……でも」

「そうね、そう言われても、子供って結局開けちゃうよね」

「散らかすのをやめさせたかったからなんだろうけど――でも、今でも少し嫌な気分があるよ、あれは」

「でもね、よーちゃん、そういうのって必ずしも子供を脅すためだけに言うんじゃないのよ」

「うん、それはわかってるけど……どんな危ないものがあるかわからないから、でしょ。中に重いモノでも積んであったら危険だし——って、それって」

「そう。それが〝恐怖〟と〝脅威〟の違い。よーちゃんの嫌な気分が〝恐怖〟で、実際のクローゼットの危険性が〝脅威〟——このふたつは同じものを扱っているけど、でも一致することはない。今のよーちゃんはクローゼットを開けるときにいちいち怖がったりしないだろうけど、でも、だからといって重いモノが開けたとたんに崩れてくる危険性自体は消えたりしない」

「うーん、でも今ならその辺は注意してるから。さすがに子供の頃みたいに、無闇になんでもかんでも荷物を引っ張り出そうとしないし……でも、そうか。おばけを怖がらなくなったのと、勇気って関係ないね、確かに」

「よーちゃんは成長して、賢くなって、周辺の状況を正確に把握できるようになったから怖くなくなったのであって、別におばけに挑戦して、それを克服したわけじゃないでしょう。でも人間はこのふたつを一緒にしがちなのよ」

「怖くないから、大したことない——そういう風に考えてしまう、ってことかな」

「そう。それは勇気ではない。ただ無知なだけ。怖いと思うことから離れよう離れようとして、人はしばしば〝脅威〟をなかったことにしてしまう。怖がらないようにするというのは、怖くない怖くない、っておまじないみたいに唱えることじゃない。その原因を直視しなければならないの」

「それが〝勇気〟なのかな」

「その通りよ。さすがよーちゃん。人の話を理解することにかけては、世界一の切れ者よね」

「もう、からかわないで――でも、一番怖いこと、か……たとえばの話だけど」

「うんうん」

「私が風邪(かぜ)をひいてて、そしてしずるさんにうつしちゃって、それがもとで、しずるさんが、その――熱を出しちゃったりしたら、私はとっても怖くなってしまうと思うの」

「そこは遠慮せずに、入院患者である私が死んでしまったら、と言ってもいいのよ」

「い、いや――だから」

「でもね、よーちゃん――その相手は私に限らないと思うわ」

「え？」

「よーちゃんの、私以外の大切な人にも、それはうつってしまうのだから、その〝脅威〟は私相手に限定されない。それこそあなたのご両親や、クラスメートや、いいえ、たまたま隣にいただけの無関係な人にも、その〝脅威〟は存在するのよ」

「そう言われればそうだけど……でも」

「もちろん、これは逆の場合だってあり得る。私の方が、あなたに危険な病気をうつしてしまう可能性だってある」

「そ、そんなこと言ってたらなんにもできなくなっちゃうよ」

「そうなの。そこが困ったところなのよ。でも私たちがいくら困っても、それで〝脅威〟の方はちっとも影響されないのよね」

「じゃあ……どうすればいいの？」

「わからないわ。よーちゃんはどう思う？」

「えええ？　しずるさんにわからないことが、私にわかるわけないじゃない！」

「それでも、よ。それでも考えなきゃならない」

「む、無理よ……私には難しすぎるもの」

「じゃあ、私が駄目なら、他の誰かに頼る？」

「そ、それは――」

「事情に詳しい誰かさんが、自分の代わりに考えてくれて、その言うとおりにしていればいいって、そう思う？」

「そうするしかないのなら、仕方ないかも……でも」

「そうね、それは〝脅威〟のことを、その正体や性質を、皆がよくわかっているっていう前提での話よね。しかし、そうでないのなら――未知の危険が迫っていて、誰もそれへの対処を明確にできないってことになったら、その事情通の誰かさんの意見を鵜呑みにはできないでしょうね。なにしろ、その人もまた自分の〝恐怖〟にとらわれているのだから」

「あー……そっか。なまじ自分を事情通だと思っているから、大したことない、怖くない、って思いやすいでしょうね、きっと」

「自分もまた皆と同じように〝知らない〟のだということを受け入れられない。その方が目の前の〝脅威〟よりも怖いことになっているから、自覚しないうちに虚勢を張ってしまうのよ。自分に嘘をついているのだけど、当然それにも気づけない。そうなると、ほんとうは危険なのに、安全だ、問題ない、とか言って、他の人たちを危ない状態に追い込んでしまうことになる」

「う、うーん……それも怖いけど、でも逆に、とにかくひたすらに危ない危ないっていうのも、それはそれで問題ありそう」

「それはそうね。だからどうすればいいのかって話なんだけど、よーちゃんならどうする？　どういう意見だったら受け入れようって思う？」

「……しずるさんの言うことを聞きたいんだけど、それは駄目なんでしょ」

「そうね。私にはわからないのだから」

「ううう、ほんとに意地悪……でも、そうね、私も考えなきゃね――ええと、怖がることで、正しい理解から遠ざかってしまうのだから——じゃあ冷静になるにはどうすればいいのかな。むしろ逆に、すごく怖いことを考えて、そこからあれこれ考えを巡らせてみる、とか……？　うーん、自分でも何言ってるかわかんなくなってきたわ」

「いいえ。よーちゃんは今、正しい道筋の、その入り口に立っていると思う」

「え？　なにが？　なんのこと？」

「人間は、怖がることをやめることはできない。〝脅威〟を恐れないことなど不可能。どんなに押し殺そうとしても、その不安は決して消えはしない。だから色々と、誤魔化(ごまか)す」

「そっか……でも〝脅威〟の方は、人間のそんな誤魔化しなんか関係ないから、それをありのままに受けとめなきゃならないのね。怖がらないように目を背けるんじゃなくて、逆に、一番怖いことを考えて、それに対応しなきゃならないのね……大変ね」

「でも、ありふれたことよ。そもそも人間って、そうやって文明を築いてきたのだから」

「ぶ、文明って——」

「適当な、大袈裟(おおげさ)なことを言ってる、って思う？　でも残念ながら、これは事実。大昔から、言葉を使えるようになるかならないか、という頃から、人間は様々な脅威に対応することで発展してきた。もっと正確に言うと〝脅威〟をいち早く察して、それに先回りして対応してきた者たちだけが生き延びてきた」

「ええと、つまり――私たちのご先祖は、みんな怖がりだった、ってこと？」

「その通り。そしてもちろん、その中にはたくさんの〝恐怖〟と〝脅威〟の混乱があって、実のところ、今でもそれは全然進歩していない」

「まあ、私もわかってないし――みんなもそんな区別が付いているとも思えないし」

「ねえよーちゃん、人間って何のために生きていると思う？」

「えええ？　そんな突然、哲学的なことを訊かれても――」

「いいえ、これはそんな高尚な話ではない。人間ってつまるところ〝他人の上に立ちたい〟って思って生きている。これはもう、群れで生きる生物としての本能的な指向性で、たぶん変えられない」

「な、なんか身もふたもないわね」

「でも〝脅威〟の前には、人間のちっぽけな本音と建て前の使い分けなんて何の意味もないから、まずそこから考えないといけない」

「えと、つまり――そういう風に、他の人の上に立って偉そうにしたい、って気持ちをできるだけ捨てて〝脅威〟に対応しなきゃならない、ってこと？」

「よーちゃんはそうやって、すぐに悟ることができるけど、これが実に難しいことなのよ。ほとんどの人間は、これに失敗してしまう。私も過去に失敗している。だから私には〝脅威〟について正解を出すことはできないの」

「失敗、って――?」

「よーちゃんは私のことを賢いって思ってくれているけれど、実はそんなことはないの。私はきっと、世界の誰よりも愚かで、分別がつかない人間なのよ。だから、あの忌々しい炎の魔女に文句のひとつも言えないんだから」

「あ、あの……しずるさん……?」

「よーちゃん、自分で考えるのって、ほんとうに難しいことなのよ。あなたみたいな人は貴重で、たいていの人間は他の人間が考えたことにただ乗っかっているだけ。誰がでっち上げたのかもわからないイマジネーションを押しつけられて、意志もなく、喜んでそれに従っている者ばかり――その恐ろしさを、私は知っている。その〝脅威〟は他の〝脅威〟と組み合わさって、ますます大きくなってしまう」

「うーん、それって――いい加減なことを言っている人たちに振り回されて、他の大勢の人たちも正しい判断ができなくなってしまう、って感じ？　人間に襲いかかってくる〝脅威〟だけじゃなくて、同じようにそれに晒されているはずの、他の人間が誰かにとっての〝脅威〟になってしまって、悪いことが広がっていく、とか――ああ、ややこしいね、ほんとに」

「私のいい加減な話を、そんな風に理解しようとしてくれるよーちゃんはとても誠実で素晴らしいけれど、でも皆はそこまで考えたりはしない。そして、どうなると思う？」

「どうなる、って？」

「時間が経って、どうでもよくなってしまうのよ」

「あー、それ、わかるわ……なんかこう、怖がるのって、ある程度まで行くと飽きちゃうのよね……うん。そうだった。私がクローゼットのおばけを怖がらなくなったのって、飽きちゃったからなんだ……そうよ、だって、理屈ではそんなのいないって、子供心にもうすうすわかっていて、それでも怖かったんだから……その気持ちが時間と共に薄れてしまうのよね。それで、なんであんなに怖がっていたのかさえ、思い出せなくなってしまう。でも……それを言ったら、しずるさん」

「そうね、よーちゃん。怖くなるのなら、飽きるっていうのもそんなに悪いことばかりじゃない、ってことよね？」

「う、うん。やっぱり怖いのってつらいし、きついし、それがなくなるのなら、飽きたっていいんじゃないか、って気にもなるし。——あー、でも、そっか——別に私が飽きたからって、その元になる〝脅威〟の方は、別になんにも変わりがないのね」

「飽きるというのは、より新しい状況に対応していくために必要なことだけど、そのこと自体が危険につながることもある」

「それってきっと、油断するというのとも少し違うんでしょうね。うっかり見逃す、なんて話じゃなくて、もっと根が深い——いつまでもびくびくしていたら、それだけで生きていくのが苦しくなってしまうのだから、むしろ前向きに、積極的に飽きていくみたいな気持ちが働いているのかも。うーん、難しいね……」

「よーちゃんはどう思う?」

「うーん……さっきしずるさんが言ってた、人間は昔から、みんな怖がりで、それで進歩してきた、って話に戻るしかないかも、とは思うけど」

「というと?」

「だから——今の私たちが暮らしていけるのって、昔の人たちが、今では怖がる必要がなくなったものに細々(こまごま)と対応してくれたから、なのよね? 昔の人は今よりもずっとずっと〝脅威〟に晒されてきて、それをひとつひとつ克服していったのだから——だから、そういう努力の積み重ねが見えるような、そういう意見に、耳を傾けたいって思うわ、うん。小手先の誤魔化しの、他人に威張るための口先だけの強気な言葉じゃなくて」

「よーちゃん、そういう姿勢ってなんて言うと思う?」

「え?」

「〝理性的〟っていうのよ。それは〝感情的〟でもなく〝本能的〟でもない、人間にしかない選択肢のひとつ。ずっとずっと昔から、人間が得ようと努力し続けているもの。でもそれに完全に成功した者はきっと、歴史上に一人もいない」

「う、うーん……なんかそう大仰に言われると、ちょっと怖くなってきちゃうんだけど、これって〝恐怖〟なの？　それとも〝脅威〟なの？」

「それはよーちゃん次第ね。私みたいな頭でっかちで肝心のことを決められないような弱虫じゃなくて、あなたならきっと正しい道を選べると思うわ」

「いや、あの……しずるさん、なんかさっきから変に自虐的な感じなんだけど、私をからかっているだけならいいんだけど、本気で言っているなら、あまり良くないと思うよ」

「そうかしら」

「そうよ。しずるさんはとってもすごい人なんだから、あんまりそういうこと言わない方がいいよ」

「どうして？」

「それは……私が悲しいから」

「ああ、そうか――それは悪かったわ。そんな気持ちにさせるつもりはないのよ、本当に」

「ねえしずるさん、確かに世界には様々な〝脅威〟と〝恐怖〟がいっぱいあって、色々と大変だけれど――そのことに対応していったら、今までと同じようには過ごせなくなるかも知れないけれど、それでも私は、私にとって一番たいせつなことを守るためなら、一番怖いことだって、なんとか乗り越えてやるって思うよ」

「一番たいせつ、って——それは」

「うん、もちろんこうやってしずるさんと話すことよ。何かあって、直に会うことができなくなっても、それでも私は、私の話を絶対にしずるさんに聞かせてやるんだからね。そう、それがきっと、私にとっての〝勇気〟だと思う」

「ああ、よーちゃん……あなたって、ほんとうに……ずるい人ね。うん、あなたこそ、この世で最も意地悪な人だと思うわ」

「えへへ……」

「ふふふ……」

BGM "Both Sides, Now" by Joni Mitchell

グッド・ローカス

半田畔

職場で使うパソコンのモニターには、常に都内の地図が映し出されている。地図上にはいくつもの黒いピンが置かれていて、道路や路地に沿ってピンがせわしなく移動している。このピンを眺めるのが私の仕事だ。

配慮にかけた表現をするならアリを観察する作業に近い。アリの巣を断面図から見て、彼らの行動を把握するのに似ている。何時にどこに集まり、どのくらい滞在し、移動する時間帯はいつが一番多いのか、それをチェックする。

「由佳（ゆか）、ボーっとしないの」

首筋に冷たいものを当てられて、背筋が伸びる。振りかえると上司の前島（まえじま）さんだった。缶コーヒーのひとつを、私に差し入れてくれた。缶を開けながら、デスクの下で脱ぎ棄（す）てていた靴を履きなおす。

「一応公務員の仕事だからね、これ」

「わかってますよ。でも一日中眺めてると、人を示すこのピンがアリに見えてきますよね。理科の実験する先生にでもなった気分です」

「失礼よ。そのピンの一つひとつに人生があるんだから」

「なら前島さんはこの仕事をどう表現しますか」

「侵略する前に上空から偵察する宇宙人の気分」

「同じようなもんじゃないですか」

私が都庁採用試験に受かり、社会人としての一歩を踏み出したその年、新しい都条例が施行された。「位置情報統括保護条例」と呼ばれる条例によって、保健・衛生上の観点から、都内を移動しているすべての人物を対象に、その位置情報を都庁が把握できるようになった。

環境局内に所属する、都内を移動する人々の位置情報を統括・管理するこの部署は「都市デザイン課」と呼ばれている。私が都庁に就職すると同時、この課に配属された。都市デザイン課などと、安易な横文字に踊らされ、どのように画期的に都市のデザインを企画できるのだろうと身構えてみたら、アリの巣の観察だった。もしくは侵略前に偵察する宇宙人になること。

「退屈なのはわかるけどね、給料もでる安定した仕事よ」前島さんが言った。

「そのうち機械に取って代わられますよ、これ。というかボーっとしていたのは、それが理由じゃないんです」

「じゃあ何が理由？」

仕事が手につかないのは、家庭内に関する悩みが原因だった。前島さんに明かそうか一瞬悩む。だけどこの部署で唯一、気兼ねなくプライベートな問題を話せるのは、私にはこのひとしかいなかった。

「旦那の吉人と結婚式の日取りについて、ちょっと揉めてて」

「なに、まだ決めてなかったの」

「一応本当は、今年中にって予定だったんです」

「今年中って、あと二か月で終わるじゃん。それは無理だ」

「入籍は去年のうちに済ませたし、そのまま進むと思ったんですけど」

「ああ、旦那さんが考え込み始めたんだ」

察したように前島さんがうなずいた。予想が見事に当たっている。前島さんも所帯ある身だ。過去にこういう経験があったのかもしれない。

「古い言葉を使うならマリッジブルーってやつね。男性がなることもめずらしくない。親戚が全員集まれないとか、仕事が忙しいとか、いろいろな理由をつけて、式の日取りが決まらないんでしょ」

「そのとおりです」

最近は、家に帰るたびにその話を持ち出す。結局日取りはおろか、式場すら決まらない日々だ。私と旦那、どちらかの焦りや不安が、互いに伝染し、小さな喧嘩が絶えない。ヒビが入りつづけ、やがて崩壊するような未来さえ想像してしまう。

「正月に実家への挨拶にも行かないとか言いだしそうで、怖いですよ」

「まあ旦那さんの気持ちも少しはわかる。結婚式は祝福とか、華やかなイメージがつきまとうけど、ある意味では、逃げ道をなくす行為でもあるからな」

「逃げ道をなくす」

「名実ともに、大勢の前で夫婦になった自分たちの姿をさらすんだし。万が一生活が破綻したときには、そこにいるほとんどの人に知られることになる。そういう不安は理解できるよ」

「前島さんの旦那がそう言ってたんですか？」

「いいや、うちの場合マリッジブルーになったのは、あたしだった」

うはははは、と当時を思いだしたように、豪快に笑いだす。深夜のオフィス内に声が響き渡る。遠くのデスクで同じ業務を担当している職員のひとりが、居眠りから飛びあがって目覚めた。いまのこのひとの様子を見る限り、結婚時に不安になっただなんて、信じられなかった。

「本当はあんたのほうも自信がないんでしょ。自分の歩いてきた道が正しかったのかどうか。この決断が正解なのかどうか」

「前島さんはセラピストのほうが向いてそうです」

「そうしたいところだけど、公務員は副業禁止だ」

公務員を辞めるという発想をしないあたり、前島さんはやはりちゃんと、人間の生活をしている。そこには理性と覚悟がある。安定した日々を、旦那さんや子供たちとともにつくりあげる決意をしている。

いまの私にそれはあるだろうか。アリの巣の観察に、誇りを持てるだろうか。プロとして毅然とした態度で、宇宙人になれるだろうか。

モニター内の地図で五条宮昌を見つけたのは、十月も終わりに近づいたある日のことだった。

出勤すると同時にデスクにつき、いつものように地図上に点在するピンを眺め、私は人々の動きを観測していた。その日は二か月に一回提出する、データレポートの作成期日が近づいていた。担当する区内の人々の移動履歴を基に、データを整理し、所感とともに事実を記述していく。私の今回の担当は渋谷区だった。

ある通りの人々の履歴をチェックするため、私は地図を拡大していた。拡大が一定以上になると、ピンの上には人物の氏名が自動的に表示される。そこに彼の名前があった。

『五条宮　昌　akira gojoumiya　IP：155.833.2.300』

心臓が跳ねる。口や鼻が呼吸することをやめる。カーソルを動かす手が止まる。同姓同名ではないかと疑い、もっと手がかりが欲しいと思った。履歴を調べると、問題の彼は、表示している通りの近くの、ある位置で定期的に滞在していることがわかった。場所を拡大し、そこに何があるかを調べる。オフィスのパソコンに履歴が残らないよう、個人のスマートフォンで地図アプリを開き、目的の位置情報を入力する。画像と共に、でてきた建物は――。

「あ、」

五階建のビル。その一階にある施設。

広々としたフロアに所狭しとならんだ洗濯機と乾燥機。

コインランドリー。

あの場所だ、とすぐにわかった。ここの通りを彼とよく歩いていた。

あれからどれくらい経(た)っただろうか。八年？　そうだ、八年だ。

私は八年前、五条宮昌という男性と付き合っていた。そしていま、地図に表示されている人物もまた、あの彼に間違いなかった。黒い無機質に見えるピンであっても、そこにいるのは五条宮昌だ。

表示されているピンに意識が吸い込まれる。『五条宮　昌　akira gojoumiya　IP：155.833.2.300』。巨大で強引な手が、脳の奥底にしまっておいた箱をこじあける、そんな心地がした。

箱から記憶があふれてくる。

それは、ここに就職する前の記憶。いまの旦那と出会う前の、はるか遠い出来事。まだ私が学生だった時代。芸大に通い、自分が将来、稀代のデザイナーとして才能を発揮するのを疑っていなかった頃。

昨日のことのように、光景が鮮明に映し出されていく。まわり始めたフィルムは、自分の力ではもう止められなかった。私の意識はもうこのオフィスにはなかった。眺めているのはモニターの地図ではなく、かつて彼と暮らしていたアパートの部屋だった。

あのコインランドリーに私と五条宮が入り浸るようになったきっかけは、彼が洗濯機を壊したことが始まりだった。

洗濯機の異様な音に気づいて、玄関を飛び出す。停止して蓋を開けると、洗剤の泡があふれだしてきた。閉めようとするがもう遅く、アパートの廊下を見る見る浸食していく。今日ほど外付けであったことを喜んだ日はない。

立ちつくしている私の頭上から、周囲の木々に止まるセミの声が降ってくる。みんな、私を嘲笑っているように思えてきた。

　大股で部屋に引き返す。彼はベッドのへりを背もたれにして、コントローラーを握り、テレビを睨んでいた。ゲームに熱中している。一度集中しはじめたときの彼はすごい。油絵科で発揮しているその才能を、こんなところでも目にする。しかし洗濯機を回す才能はない。

「昌、洗濯機から泡があふれてる」

「本当か。大変じゃないか」

「今日の洗濯担当はきみだったでしょ。どうしてあんなことになるの」

「んー、適当に洗剤あったから、ぜんぶ入れたんだけど」

「ぜ、ぜんぶ？　まさかひと箱分？」

「普段しないから、分量なんてわからないよ。元々おれは食事担当だろ？　同棲するとき決めたじゃんか」

　昨日は制作課題の追い込みで家事をする余裕がなかった。それで彼に洗濯を任せていた。自信満々に答えていたのをまだ覚えている。「余裕余裕！　洗濯くらいおれにだってできるよ、任せとけ」。そして大惨事が起こった。

　彼は依然、ゲームに集中している。うなじと首筋には汗が流れていた。ぬぐう様子はなく、暑さも意識の外にあるようだ。部屋のエアコンは住み始めた頃から壊れている。

直すお金はなく、扇風機だけが頼りだが、それも壊れて「弱」しか作動しない。

着ている灰色の半そでには絵の具がこびりついている。いつも体のどこかに絵の具が付着しているので、もう気にしない。

「今日はコインランドリーで洗濯しましょう。近くにあったはずだから」

「いってらっしゃい」

「きみもくるんだよ、元凶で張本人だろ」

脇の下に手を入れて体を起こそうとするが、「うぎーっ！」とうめき声をあげて抵抗してくる。まったく、大きな子供である。やっているのはRPGのようだった。プレイヤーが広大な草原を移動している。

「ほら行くよ。陽が暮れる」

「わ、わかった！　せめてセーブさせて」

彼の背中にまわりこむ。そのまま腕をまわし、抱き締める。暑さで音を上げさせる作戦だった。

「おーい行くぞー」

「わかったから。あとそういうことすると、もっと密着したくなるからやめて」

振り返り、彼がキスをしてくる。コントローラーからようやく手が離れる。ゲームのなかの主人公が敵にやられ、『DEAD』の文字が浮かび上がる。

そのまま彼は、私を抱え、ベッドに引っ張り上げる。先に進もうとしたところで、体を押し返してやる。

「ひとの彼女がコインランドリーでうろうろして、男に声かけられても知らないからね」

一足先に廊下を進み、外にでる。彼が急いで外出の準備を始める音が聞こえた。思わず噴き出す。二分もしないうちに外にでて、手をつなぎ、歩き出した。

スマートフォンで最寄りのコインランドリーを検索する。大通りからそれて、十字路を二回ほど折れた小さな通りに、目的のビルを発見する。一階部分がコインランドリーになっていた。黄色の枠で装飾された窓とドアが印象的だ。ガラスには定期利用がお得だと促すキャンペーン広告が貼られている。

「おお、涼しい」

室内の冷気を浴びるように、彼が両手を広げる。仕草がおおげさで、やっぱり子供っぽい。中途半端な時間帯だから、ひとはいない。

所せましとならぶ洗濯機と乾燥機。窓際には椅子とテーブルが二セットずつ。近くの本棚やラックからは、好きな雑誌や漫画を取って読むことができた。どれもページの端がボロボロに擦り切れている。

「気に入った。ここは部屋より快適だな」

　私が洗濯物を投げ込んでいる間、早くも彼はくつろぎはじめる。もっとも、ラックのなかの雑誌や漫画に興味を示すことはなく、取り出していたのはポケットサイズのスケッチブックと鉛筆だ。外出するときはいつも持ち歩いている。

　洗濯機をセットし終え、彼のそばに座る。スケッチをそっとのぞく。細い線で、風景が刻み込まれていく。豪快で、大ざっぱで、普段は不器用な彼が、鉛筆を握るときだけは人が変わる。同じ人物が描いたとは思えないほど、繊細なタッチ。ただのスケッチなのに、これほどまでに、心を動かされる。

　会話はなく、そのまま洗濯機が回る音と、鉛筆が紙の上を走る音が、ランドリー内を満たしていく。そこに鼻歌が加わり始めた。

「そんなにここが気に入った？」

「好きな場所ではあるけど、ずっと居る場所ではないかな。ここに来る必要がなくなるくらい、おれは成功する予定だから」

「成功も大事だけど、洗濯機の回し方も覚えてね、芸術家さん」

「洗濯機を回してくれるパートナーがいるから大丈夫」

　手を止め、紙から目を離し、私を見つめてくる。彼のそばにいる十年後の自分を想像してみる。きっと昌のなかでは、ありありとイメージが浮かんでいるのだろう。一方、私の内にあるスケッチブックは白紙のままだ。鉛筆を握ったまま、その手は動かない。

「芸術家だからお金に無頓着でいいとか、そういう考えがおれは嫌いだ。古びた人種だと思ってる。さっさと淘汰されればいいんだ」

彼の想いに呼応するように、鉛筆の走りが速くなる。もはやスケッチの域を超えていた。そこに感情がこもりはじめた。

「おれは芸術的評価も、金銭的成功も、両方手に入れる。どちらもないがしろにしない、そういうアーティストになる」

彼の手が止まる。白紙だったその小さなキャンバスのなかに、ランドリーが完成していた。ドラム式の洗濯機の蓋を開けて、一人の男性が中に入ろうとしている。いや、女性だろうか。性別がよくわからない。平凡な私にはそのテーマすらも理解できない。

「絵のタイトルは？」

「『グッド・ローカス』」

濁りなく彼はそう答えた。描いている間に決まっていたのかもしれない。タイトルを直訳するなら、「良い場所」。どうやら本当に、ここが気に入ったらしい。

そして私は唐突に気づいた。何か劇的な出来事が起こったわけでもなく、まばたきをした次の瞬間、見ている世界が変わっていた。

根拠はない。でも確信があった。昌とずっと一緒にいることは、おそらくないだろう。

理由は簡単。彼はたぶん、本物だから。一方で、私は偽物だ。コバンザメみたいに彼に張り付いて、自分も大きく、〇から一を生み出すアーティストのふりをしている。自尊心は満たされるけど、本当は空っぽのままだ。

この日以降、私と昌はコインランドリーに入り浸るようになった。自宅アパートの洗濯機が直っても、習慣は続いた。単純にクーラーが涼しかったからというのもあるけど、それ以上の魅力がここにはあった。

ランドリーにいて、洗濯が終わるまでのスケッチをしている時間は、私たちにとって、生活のリズムを整えるための、リラクゼーション的な意味合いが強くなっていた。心地よく、そして何かが終わっていくような不安が膨れ上がっていった。

昌と一緒にいられなくなるだろうという私の予感は、その半年後に当たることになった。私たちは四年生になり、将来のことを考え始めるべき時期にさしかかっていた。彼は芸術の道に進むことを決めていた。そして私は少しずつ、デザインの道から離れ始めていた。

何か大きな喧嘩をしたとか、そういう決定的な出来事があったわけではない。昌は私が芸術の道から離れ始めていることに気づき、私も自分が向かう道と、昌が進む道が逆方向を向いていることを理解していた。

アパートの契約更新の時期が近づいたとき、どちらが言いだすこともなく、私たちは別れることになった。それきり彼とは会わなくなった。

一人暮らしを始めてすぐ、私がまず行ったのは、公務員試験のための参考書を買いあさることだった。読んでみて、意外なほどすんなりと内容が頭に入ることに驚いた。同時に、ああやっぱりな、と合点もした。自分はもともとこちら側の人間だったのだ。デザイン系の会社に就職することもなく、私は芸大を卒業しても無職のままだった。その二か月後、公務員試験に一発で合格した。これが私の選んだ道だった。

「おーい、由佳ってば」

前島さんの声で我に返る。意識が過去から現在へ帰還する。モニターはスリープモードに入り、真っ暗になっていた。ここはアパートではなかった。一人暮らしの部屋でもなかった。就職して何年も経つ、都市デザイン課のオフィスだった。

「またボーっとしてたな。室内暖かすぎる？　暖房落とそうか？」

「大丈夫です。すみません」

「あんた、まだ旦那さんとの件、解決してないのね」

「まあ、はは……」

「仕事に支障がでるのは困るからね。あんたの仕事のミスはあたしの責任になるんだから。確か今日が期日だろ、レポート」

「はい、やりますやります」

画面を立ち上げ、作業に戻る。だけどそう簡単に割り切れるほど、器用でもなかった。過去の残滓がちらついて、頭から離れない。五条宮昌。

あのときの彼はこう言っていた。ずっと居る場所ではない、と。自分はいつか成功する人物であると。

彼はあれからどうなったのだろうか。言葉通り成功を収めたのだろうか。名前を検索すれば出てくるのだろうか。でも、もし出てこなかったら？　出てくるほど著名にはなっていなかったら？　その夢を、叶えられていなかったら？

昌があのコインランドリーにいるのは事実だ。いまでもひとり、窓際の椅子に座り、スケッチを続ける、そんな彼を想像してしまう。

恋心はもうない。それは過去においてきた。

だけど、まったく何も思わないわけではない。もっと具体的にいうなら、いま抱いている感情の正体は、きっと罪悪感だった。自分はあそこに、昌を置き去りにしてしまったのではないか。私一人が別の道を選び、結婚し、人並みの幸せを手にしようとしている。あのとき別れ、別の道を進んだ彼は、どうなっているのだろう？

「だめ。やめよう」

言い聞かせる。普段は独り言をあまり発しないが、こうでもしないと自分を抑えられそうになかった。

私たちが管理しているこの位置情報は、個人のプライバシーにおける最大（かつ最重要）のデータといってもいい。それを私的な目的で利用することはもちろんご法度だ。私が職務で得たデータを基に昌に会いにいけば、それは規程に反した行為になる。

だからやめろ。もう考えるな。

彼に会いにいこうなどと、思ってはいけない。

休日は家で過ごすことが多い。だが今日はカフェに来ていた。モーニングセットを注文し、談笑する主婦たちの間をぬって、窓際のカウンター席につく。ひとりで来ている客ももちろん、いるにはいるが、自分だけが場違いな気分はぬぐえない。仕事をするためでも、読書をするためでも、淹れたてのコーヒーを楽しむためでもなく、私は通りの向かいの建物を見るために来ていたからだ。

一階部分のスペース。窓ガラスと出入り口には派手な黄色のペイントが施された木枠がはめ込まれている。八年経ったいまでも、外装はほとんど変わっていないようだった。

ここまで来るのに通りを眺めてきたが、飲食店やアパレルショップの並びも様変わりして、新しくなっていた。たとえばこのカフェもそう。八年経てばむしろそちらのほうが自然ともいえる。時間に取り残されているのは、あのコインランドリーだけ。

　目と鼻の先にあるコインランドリーに昌が来ることを見越して、私はこうして待機している。完全に規程違反の行動だ。バレれば免職はまぬがれないだろう。そんな危険を冒して、生活と収入を失ってまで来る価値があったのだろうか。

　ここに来たのは、現在の昌がどんな風になっているかを知るため。ただ知りたい。知らなければならない。そんな気がした。あのとき、わかれ道で分岐した彼のその後の姿を。私が歩むはずのなかった未来を見たい。もしも仮に、目の当てられないような姿になっていたとしても、私は視線をそらしてはいけない。

　昌はまだ来ない。手持ちのプライベート用スマートフォンからでは、彼の現在地は特定できない。データ履歴を見る限り、昌はほぼ毎日、ここに数時間とどまっている。待っていれば姿を見せるはず。もしくは容姿が変わって、私が気づかないうちに、すでにコインランドリーに入っているのか。

　カップの中身が気づけば空になっていた。もうかれこれ二時間ほどは粘っている。あまり質(たち)の良い客ではないだろう。おかわりしようかどうか考え、結局やめて店をでた。その足で覚悟を決めて、コインランドリーを目指す。

　窓ガラスにはべたべたと広告ポスターが貼られ、中の様子がよく見えない。やはり入って直接確かめるしかないようだった。

ドアを開けて入る。あの日とは違って冷房は入っていなかった。コインランドリー内は無人だ。窓際には椅子とテーブルが二セットずつ。そのどちらにも彼の姿はない。近寄り、そっと椅子に座る。よく見れば家具の種類が変わっていた。私たちが使っていた時代の椅子はとっくに撤去されてしまったようだ。

洗濯機や乾燥機も例外ではなかった。すべて最新式に変わっている。外から見る限り、時間に取り残された空間だと思っていたが、そうではなかったらしい。ちゃんとここも進んでいる。

近くのラックと本棚の漫画は健在だった。どの本も、大勢の手によって読まれ、ページの端がくたびれている。

それからさらに数時間待った。何人かの客がランドリーを利用していったが、昌らしき男性はやってこなかった。休日の今日はやってこないのか。

ふう、と長い息が自然と漏れた。彼はこない。理由はわからないが、今日に限っては何か予定があったのかもしれない。このまま貴重な休日の時間を、ランドリーに食べられていくのは癪(しゃく)だった。

立ち上がり、そのままコインランドリーをでる。通りを進み、駅を目指す。歩いていると、スマートフォンが振動した。着信の合図だった。おそらく旦那だろう。何の連絡もよこさず、朝から自分の嫁がいなくなっている。こんなことをしたのは初めてだったし、心配されて当然だった。

電話にでようと、操作しかけた、その瞬間だった。

通りの向こうから歩いてくる男性に、視線がひきつけられる。

十月の季節に、場違いな麦藁帽子(むぎわらぼうし)。抹茶色のカーディガンに、黒のジーンズ。男性はどこかのカフェでテイクアウトしたカップを持ち、歩いてくる。

昌だった。髪を染めているが、おそらくそうだ。歩き方や姿勢、その雰囲気を私はよく知っていた。向こうは私の存在に気づかない。

すれ違いざま、カーディガンの腕の部分に絵の具がついているのが見えた。それでもう、完全に確信した。

スマートフォンをしまい、声をかけようとする。だけど昌の歩くスピードは速く、どんどん距離が離れる。彼が向かっているのはコインランドリーだった。

そのままコインランドリーのドアを開けて入っていくのかと、見ていた瞬間、昌が思わぬ方向転換をする。彼はコインランドリーを通り過ぎ、その脇のスペースへと消えていった。

追いかけて、昌が入っていった場所を確認する。あ、と思わず声がでた。

そこはビルの入口だった。ドアの奥に、上へ続く階段が見える。近くにはテナント名が入ったプレートが設置されていた。まさかと思い、最上階の五階から順番に確認していく。そして目的の名前を、三階に見つけた。

『Good Locas atelier and office』

グッド・ローカス。アトリエ＆オフィス。すべて合点がいった。データ上、昌がこの場所にとどまり続けていた理由。そしてランドリーにやってこなかった理由。私は場所を勘違いしていたのだ。ＧＰＳでは、平面的に居場所を知ることはできても、高さの情報までは拾えない。

そっと階段を上っていく。三階につき、目的のドアの前に立つ。プレートにも事務所の名前がしっかりと刻まれていた。

壁のインターフォンを押す。彼は私に気づくだろうか。会って、まず何から話そうか。そもそもどうして、追ってきてしまったのだろう。整理し終えないうちに、ドアが開いた。麦藁帽子を外した彼がでてきた。

「はい。どちらさま？　新聞か何かの勧誘なら……」

「あの、私、覚えてる？」

そらされかけた顔がぴたりと止まり、もう一度、今度はよく見てくる。気づいたことを示すように、徐々に目が見開かれていく様子が面白かった。

「由佳？　え、うそ、由佳だ」

「久しぶり」

「ほんとだよ。うわ、なんか雰囲気変わったなぁ」

「そっちはあんまり変わってないね」

もっとも、容姿についてだけ言えば、の話だ。彼は変わった。ちらりと見えるオフィスの壁には無数の絵が飾られている。そなえつけの家具はどれもアンティークで、見るからに高級そうだ。

「ここは事務所で、家は別にある。事務所の場所を決めるとき、絶対ここにしようと思ってたんだ。だってここの下にはあのランドリーがあるし、あそこは……」

「良い場所、だから？」

そのとおり、と昌が笑う。私の知らない月日を重ね、私の知らない経験が刻まれた、彼の笑顔だった。

「もしかして由佳さ、心配してきてくれた？」

「え」

「いや、根拠ないけど、そんな気がしただけ。まあ偶然だよな。いや本当に久しぶり。どうしてるかなって、思ってた」

妙に鋭い。いま明かしてしまうと、こちらの首が飛んでしまうので、あいまいに笑って応える。

「私が心配するまでもない様子だね」

「うん。ちゃんと言った通りに叶えたよ」

「きみはすごいよ、本当に」

「ありがとう。由佳もちゃんと、幸せになったみたいだな」

彼の視線は私のはめた婚約指輪に向いていた。

「公務員の仕事についてる。この前、入籍した」

「そっか、そっか。うん、よかった」

ほっと息をつき、昌はわかりやすく胸をなでおろす。子供っぽい派手な仕草は相変わらずだ。心配していたのは彼も同じだったらしい。

こうして会話をしているだけで懐かしさがあふれる。何より、夢を叶えている彼の姿が、たまらなく嬉しかった。

こういう場合、同年代の、一般的な女性は何を思うのだろう？　夢を叶えた昌と別れなければ、そばにいたのは自分だったかもしれないとか、そういう想像をするのだろうか。あのアンティークのソファにだって、腰かけられていたかもしれない、と。

正直、まったく想像しなかったわけではない。一瞬だけど、そういう未来もよぎった。だけどなぜだろう。そんな妄想より、やっぱり嬉しさがこみあげる。不思議な感覚だ。

彼も自分の道を歩み続けていた。そして途切れていなかった。その事実が、ずるい自己満足だとわかっていても、私を安心させる。

「事務所のなか、見ていく？」

「いや、いいよ。やめておく」

「そうだね。それがいい」

何時間でも話していられそうだったが、私はこの再会をシンプルに、美しく終わらせたかった。どうやら向こうも、同じ気持ちであるらしい。

久々の再会で浮気に発展することもないし、逃避行なんていうロマンスも起きない。現実はそれほど派手じゃない。でもそれでいい。それこそがいい。静かに躍動する日々のなかを、私たちは互いに生きていく。

「会えてよかった。じゃあ、またどこかで」

「ああ。由佳も元気で」

歩き出し、彼から離れていく。ドアがゆっくりと閉まる音が聞こえる。

廊下を進み、階段を下りようとした、そのときだった。

「なあ由佳！」

響き渡る声に、立ち止まり、振り返る。わずかに開いたドアからひょっこりと顔だけをだし、彼は笑って、こう添えてきた。

「おれたちさ、間違ってないよ。大丈夫。ちゃんと正しいよ」

すぐに返事ができなかった。

それこそが、求めている言葉だったと、気づいたからだ。

いまの私に最も必要な言葉はそれだった。ここまでやってきた理由。彼の名前を見つけ、衝動的に動いてしまった理由。それはきっと、この一言を聞くためだったのだ。

ありがとう、と手を振った。ドアが閉まる。私は階段を下りる。

外にでて、深呼吸をする。肺のなかの空気を入れ替えて、それからスマートフォンをだした。するべきことは決まっていた。

旦那の吉人はすぐに電話に出た。

「もしもし？　由佳？」

「ごめん、朝から出かけてて。いまから帰るよ」

「いまどこにいるの？」

「渋谷だよ。もう用事は済んだ」

それからさ、と私は続ける。迷いはない。もう決めた。私は自分の選んだ道を進む覚悟ができている。

「式場、明日見に行こう。日取りもなるべく早く決めよう」

「え、でも……」

「大丈夫だよ、吉人。私たちは大丈夫」

間違いも正解もないこの世界で。

私たちが求めているのは、きっと、信じることだ。

これがあれば大丈夫だという、信じられるものを見つけること。

もしもいま彼が迷っているなら、私がそれになろう。

数秒の沈黙があって、彼から答えがあった。

「実はさ。僕のほうでもピックアップしておいた式場が、いくつかあるんだ」

「ほんと？　そうだったんだ。じゃあそこに行ってみよう」

私たちは、自分にとっての良い場所を見つけていく。

アエノコト

柴田勝家

1

僕と彼女は非接触同棲（どうせい）をしている。

こう言うと、多くの人が首をかしげてくる。それぞれの単語の意味は理解してもらえるが、全部が並ぶと不思議な顔をされる。たしかに不自然な組み合わせの言葉だと思う。食用食品サンプルみたいな。

でも、これからの時代には僕らのような生き方はありふれたものになるかもしれない。それこそ、寂れた街の洋食屋が本物の料理を見本として使っているくらいには。

「ただいま、逢（あえ）」

バイト先から帰宅して、まずは彼女の名前を呼ぶ。返事が返ってくることはないが、玄関脇の棚には『おかえり、隆（りゅう）ちゃん』と書かれたメモ用紙が一枚。

「今日はさ、店長に怒られた。こっちが悪いのはわかってるから、ま、反省だよね」

リビングの電灯をつけ、廊下の壁に貼られた『今日はどうだった？』という付箋へ返答する。そのままキッチンへ移動して、手洗いとうがいをしてから作り置きの料理をレンジへ。タッパーには『今日は煮込みハンバーグにしたよ』の言葉。

それから茶碗にごはんをよそいつつ、炊飯器の蓋に貼られた文字列に笑って、冷蔵庫から麦茶を取り出しながら、体調を心配する一言にお礼を言う。剝がした付箋はひとまとめにして、食事中にそれを見返しながら彼女の声音を思い浮かべて会話する。

ふとテレビをつける。いくらか音量を下げておく。早朝のニュース番組に映るのは傘マークのついた天気図と、それから昨日の感染者数の情報。どっちも気が滅入る。

世間では昨今、人と人とが触れ合わないよう過ごすことが推奨されている。コンビニ勤めの僕には関係ないけど、テレワークの仕事も増えたし、ラジオ番組だってリモート収録だ。厄介な流行病は人々の時間と距離を変えてみせた。

不安になるようなニュースも多い。とはいえ、僕は世間に役立つ人間ではない。病気を治療することもできないし、薬を作ることもできない。ならせめて、病気にならないように生きて人に迷惑をかけないようにしよう。

そういう意見が、彼女と一致したのだ。

「逢、夕飯は何食べたい？　作っておくよ」

テレビを消して食器を片づける。それから最後の付箋に語りかける。シンクで皿を洗いつつ、彼女のために用意する夕飯のことを想像した。

「最近、スーパーも入場制限してるんだ。大変だよな。僕らみたいに生きてればさ、病気がうつることもないのにね」

その返事は、束になった付箋の中のどれか。

「いや、無理かと思ったよ。でもさ、意外と非接触同棲ってのも続けられてるよなぁ、って」

これが僕たちの新しい生活。

別にお互いに嫌ってるわけじゃない。今も彼女は同じ屋根の下にいるし、なんなら数メートル先の部屋で就寝中だ。ただ夜勤の僕と日勤の彼女で生活時間が合わないだけ。それならいっそ完全に接触しないで同棲しようって、これはどっちが言い始めたんだったか。とにかく二人とも納得できた。

ちなみに非接触同棲のルールは三つ。お互いの部屋には入らないこと。対面する時は事前に相手の許可を取ること。会話は付箋に書いてすること。最後の一つはＬＩＮＥとかじゃ味気ないから、っていう彼女の発案だ。

最初はどうなるかと思ったけど、いざ始めてしまえば快適なところもあった。余計なケンカもしないし、一人暮らしの気楽さを残しつつ寂しさは消すことができる。お互いに触れ合えないことは不便かもしれないが、これまで十分すぎるほどに一緒の時間を過ごせたから、その気持ちの貯金はまだ残っている。

「まぁ、たまには寂しいよ。僕もね。でも大切な人には、病気になってほしくないし」

彼女も同じ気持ちでいてくれる。だから、こんな生活を送ることができる。顔も見れないし、声も聞けない。でも、同じ場所にいることができる。

キュッと蛇口を締める。最後の仕上げに用意した除菌シートで辺りを拭いておく。あとでテーブルやリモコンも消毒しておこう。外から病気を持ち込むわけにはいかない。

その後はどうしよう。僕も付箋に今日あった出来事を書いておこうか。彼女からの返信も楽しみだ。

僕は短い廊下を進み、彼女が休んでいる部屋の前を通る。寝息なんて聞こえない。わかってるけど立ち止まる。

『おやすみ、隆ちゃん』

ドアには一枚の付箋。これは必ず貼られている。

「おやすみ、逢」

そして自室の前へ行けば、そこの扉にも付箋がある。これは僕が寝る前に見る最後のものだ。

『大好きだよ』

僕はその紙を丁寧に剝がした。

2

僕と彼女は幼馴染み（おさななじみ）の間柄だ。お互いにそう信じている。

あれは僕が小学生の頃だ。いつもは夏休みの間に訪れていた父方の実家、その年は学校の創立記念日と土日が重なったので、十二月の頭に行くことになった。

石川県の輪島（わじま）市、父の生まれた土地。灰色の空と降りつける雪、それを拭う車のワイパーの動きを覚えている。

その時の僕は気にしなかったけど、父の故郷では、この時期に大事な行事があるらしい。父もそれを紹介するつもりで、短い家族旅行を計画したようだった。

結論から言えば、僕はその行事を見て泣き出すことになる。

僕らが到着した日の夕方、いつの間にか紋付き袴（はかま）に着替えた祖父が出かけていった。

「じいちゃん、どこ行くの？」

僕が祖母にそう聞けば、

「神様を迎えに行くんだよ」

と、返ってきた。この時点では意味がわからなかった。

祖父の帰りを待っていると、やがて玄関の戸が開く古臭い音がした。家族総出で迎えに行けば、提灯を持った祖父が暗闇に視線を向けていた。鼠色の袴が雪に濡れている。

「さぁ、どうぞ」

祖父が暗闇にいる誰かを招いた。僕には見えなかったけど、祖父はそこにいる何者かに深くお辞儀していて、祖母と父親も同じようにしていた。

僕が見守る中で、祖父に招かれた透明な誰かは廊下を進んでいく。

「足元、お気をつけください。床板が傷んでます」

その言葉は、僕らが到着した直後に祖父からかけられたものよりも丁寧だった。そのあとも、祖父は僕ら家族にしてくれたのと同じように見えない誰かを迎えていた。

「ようこそ、お越しくださいました」

祖父が座卓について透明人間にお茶を注ぐ。一息ついただろうタイミングでお風呂に入るように勧める。僕が所在なげに座っている間にも、風呂場からは水音が聞こえてくる。祖父を追って座敷についていくと、そこには豪勢な食事が並んでいた。自分のものかと思って近づけば、すぐさま祖母が制してきた。

「どうぞ召し上がりください」

そう言って、祖父が料理を説明しつつ、何もない空間に箸を差し出している。ここに来て、ようやく祖父が大事なお客さんを迎えているのだと納得した。その人は僕ら家族よりも重要な人で、どうやら僕だけが見えていないらしい。そう思った。

「これはね、アエノコトというんだ」

僕が不安な顔をしていたからだろう、父親がそっと耳打ちしてくれた。

「おじいちゃんはね、神様を迎えているんだ。神様はウチにいてくれて、みんなに幸福を分けてくれるんだよ」

その説明に幼い僕は頷いただろうか。それは覚えていないけど、祖父の真剣な表情を見て、とにかく子供が口を挟んではいけないのだと思った。

だから最初は、両親と一緒に静かに見守っていた。

それが小一時間ほどして、たまらなく寂しい気持ちになった。大好きな祖父母と両親が、自分にだけ見えない誰かを大切にしている。それが耐えられない。今ならば、それは甘やかされた一人っ子のワガママだと理解できるけど、当時の僕にとっては世界から仲間はずれにされたような気分だった。

だから、泣いてしまった。

しゃくりあげる僕を見て父親は慌てて、母親がなだめながら座敷から連れ出した。祖父母もその一瞬だけは、神様のことを忘れて僕のことを見ていてくれた。

それから僕は、母親と一緒に別室で夕飯を食べた。メニューの大半は、あの見えないお客さんに提供したものと同じだった。それを食べ終わった頃に父親と祖父母も来てくれた。特に怒られることもなく、ただ「子供にはつまらないよね」と慰めてくれた。行事の日はそれで終わった。そのまま部屋で母親と寝て、翌朝には何事もなかったように目覚めた。

僕にとって本当に大切なのは、この日のお客さんだった。

朝食をとったあと一人で座敷にいた。寒い日だった。コタツに入り、旅行前に買い与えられた漫画を読んでいると、ふと縁側の向こうを見れば、そこに色彩があった。

雪の積もった生け垣の手前、結露したガラス戸を透かして真っ赤な色が浮かんでいる。銀世界に落ちた赤い色に僕は目を奪われた。

それは着物を着た一人の女の子だった。

無言のままに立つ、おかっぱ頭の女の子。僕は彼女をもっと近くで見たくなった。だから暖かいコタツから抜け出て、ひんやりとしたガラス戸を開いた。頬の薄皮を裂くような冷風が当たる。

「寒くない？」

最初は無視してしまおうかと思っていた。でも、その時の僕は気が大きくなっていた。前日に家族が自分を構ってくれたのが嬉しかったし、ちょうど読んでいた漫画の主人公みたいに振る舞いたかった。

「入りなよ」

僕がコタツを指差すと、女の子は一回だけ頷いて、つっかけを雪の上に残して駆けてきた。それから無遠慮にコタツに飛び込んでくる。大人しそうな見た目とは裏腹に快活な子だった。

「きみ、誰?」

対面で座った彼女に問いかけた。

「アエ」

そう言って、女の子は桃色に染まった頰を膨らませてくる。

「わたし、アエ」

それを聞いた僕に、途端にひらめくものがあった。

昨日の行事のことを父はなんと言っていただろうか。たしか〈アエノコト〉と言っていたはず。その意味がわかった。アエという人物のこと、だ。子供らしい空想は、彼女の神秘的な姿に裏打ちされてしまった。

ならば、と僕は彼女に近寄った。

「きみが神様だ。逢(あ)えてよかった」

それは自分にも神様が見えたという喜びの表現だった。もう仲間はずれになることなく、祖父母や父に自慢ができると誇らしく思っての言葉だった。

ただ、これは全くの誤解だから当然だけど、僕の言葉に女の子は笑い出した。歯抜け顔の笑顔だった。それにいくらか拍子抜けする。

「東京の子、変なこと言う子だ」

　これが僕と逢との出会い。

　神秘でもなんでもなく、近所の家の子が用事を言付(ことづ)かって僕の祖父母に会いに来ただけだった。この勘違いが払拭されるまで、数時間ほどは神様だと信じてしまっていた。普通の子だと知った直後のことは思い出したくもない。顔から火が出るほどに恥ずかしかった。

「あれがね、隆ちゃんからの最初の告白だったよ」

などと、彼女は未(いま)だに僕をからかってくるが。

3

　世間がコロナで騒ぐようになる直前、僕らは同棲を始めた。

　都内の東側、築十五年の賃貸マンション。その四階。間取りは2ＬＤＫで、ひと月十三万。理想の半歩手前の物件で、家賃を折半する時に五千円札を出すことだけが不満なところ。

不満といえば、いざ新生活に踏み出したタイミングで、僕の仕事がなくなってしまったこと。コンビニのバイトは続けているが、本業にする予定の役者業はお先真っ暗。来月の舞台は中止になってしまったし、状況によっては今年の公演は壊滅的だ。劇団の友人たちとはグチをこぼしあっている。

それでも二人の新生活に支障はないと思っていた。

一応、この状況だからコンビニバイトの方は需要がある。彼女の方も――これは心から尊敬するけど――医療事務で日々忙しくしている。だから金銭面で不安はない。

ただ、お互いに時間がなかったんだと思う。二人とも気を使う性格なのも良くなかった。

だいたい僕は午後から劇団の稽古に顔を出し、そのまま夜十時からのバイトに行く。帰ってくるのは翌朝の七時前で、疲れてベッドに体を投げ出したあたりで彼女が出勤してしまう。無理をすれば会えるかもしれないが、相手の時間を何よりも尊重して、次第に顔を合わせる機会が減っていった。

だから、それが辛くなる前に非接触同棲を始めるようになった。理不尽に理由をつけることにした。今はまだポジティブな部分しか見えてない。そこは冷静だから理解している。

自室で目を覚ます。時刻は午後一時。

何か夢を見ていたのか、右手を天井に向けて突き出していた。この手を取ってくれる人が、今ここにいないことを寂しく思う。

それでも劇的に日々が変わるわけもなく。

僕は付箋の束を持ち出してからリビングへ出る。テーブルの上には、僕の分のコーヒーが入った水筒とカップ。ソファの小さな沈み込みを避けて、その真横に腰掛ける。

水筒に一枚だけ付箋が貼ってあった。『おはよう、飲んでね』とだけ。紙からわずかに香水の匂いを感じる。彼女の好きなクロエのオードパルファム。職場にはつけていかないから、これは僕のために残してくれたものだ。

ふとテレビをつければ、僕が朝に見ていたのとは違うチャンネルが映った。シンクには朝食の食器が積まれている。廊下を歩けばスリッパの位置が微妙に変わっているのに気づく。歯ブラシの置かれた角度も違うし、トイレットペーパーも少なくなっている。シャワーを浴びる前に、風呂場の湿った壁面を撫(な)でる。

僕はこうして、ほんの少しずつ彼女の生活の影をなぞっていく。

想像をたくましくして、リビングに佇(たたず)む彼女を思い描いた。パジャマ姿でここを歩いていただろうか。最近はアザラシ柄のものを買ったと嬉しそうに付箋に書いていた。可愛(かわい)いのだろうが、実際に目にしたら吹き出しかねない。そして怒られてしまう。

午後の日差しがカーテンを透かしてくる。香水の匂いが湿った影になって彼女の輪郭を作る。

「可愛い柄だと思う、多分ね」

虚空に手を伸ばして、不機嫌そうに眉を寄せる彼女の頭に触れる。彼女は抗議するように僕を小突くだろう。どこかな。きっと胸元あたりで、それほど痛くない。

「ホントだって。可愛い」

そして僕は付箋をソファの裏側に貼り付ける。さて見つけてくれるかな。

「逢は明日、何か食べたいものある?」

キッチンまで来て、今度は冷蔵庫に付箋を貼りつける。その中身を確認して自分でも作れるものを吟味する。彼女はサラダが好きだけど、昨今の状況だと火を通さないメニューは気後れする。疲れて帰ってくる彼女の負担にならないような、そんな一品を用意してあげたい。

食器を洗いつつ、この場にいない彼女のことを考える。何よりも大事な存在。どれだけ顔を合わせていなくても、それが変わることはなかった。

気もそぞろになっていたのか、ここで水流が皿を跳ねて周囲に散った。貼ろうと思っていた付箋が濡れ、その上に書かれた文字が滲(にじ)んだ。

『会いたいよ、そろそろ君の顔が見たい』

それは不相応な願いだったのだろう。今ではないという、きっと神様からのお達しだ。

僕は濡れた付箋を丸めてゴミ箱へ捨てる。

4

あの恥ずかしい出会いを果たしたあと、僕と逢は年が近いということもあって友達になった。

最初に出会った冬の三連休はずっと遊んでいた。コタツに入ってゲームもしたし、雪玉をぶつけ合ったりもした。別れの日に彼女は泣いてくれたし、次の夏休みに再会すると約束もした。

そうして夏休みと冬休みの年二回、祖父の家に行くたびに彼女と遊ぶようになった。それは小学生の間だけだったけど、楽しくて切ない記憶になっている。

二年目の夏には彼女の歯も生え揃(そろ)っていて、その時の眩(まぶ)しい笑顔をよく覚えている。

彼女は小花柄の浴衣(ゆかた)で、僕は味気ないTシャツ姿。二人で近くの神社の縁日に一緒に遊びに行った。お小遣いにもらった五百円は、射的に夢中になってすぐになくなってしまった。それでも彼女が食べていたかき氷が欲しくなって、僕は射的の景品で手に入れた安っぽいクマのキーホルダーとの交換を持ちかけた。

「隆ちゃんが取ってくれた」

僕の意地悪な取り引きを彼女は無邪気に喜んでくれた。かき氷は美味しかったが、罪悪感に負けて半分だけ返した。僕らの関係は、万事がそんな調子だった。

たとえば二人で将棋をしていて、僕が負けそうになれば何度も待ったをかける。でも彼女の待ったを僕は許さない。彼女はそれをニコニコと受け入れてくれる。そうして連勝すると心苦しくなって、次第に手を抜くようになり、いつの間にか勝率が五分になっている。

彼女は僕のワガママを笑顔で受け止めてくれるが、やがてこっちが負い目を感じて手を引いてしまう。だから、十歳頃までは心地よかった関係も、高学年になると僕にも分別がついたのか、気まずさを覚えるようになってしまった。

「来年は、来れないかも」

小学五年生の夏休み、夕暮れの帰り道でそんなことを言った。

その日も彼女は僕のワガママに付き合ってくれて、その結果、薄着で森に入って膝まわりを草で切ってしまった。血が滲む彼女の膝下を見て、いよいよ僕は後ろめたさに耐えられなくなったのだ。

「だめ」

ただ彼女からの返答はそれだけだった。お互い無言になって帰宅し、そのまま休みが終わって東京へ戻った。

心のどこかで来年も顔を出せると思っていた。だけど翌年の正月は父親の仕事の都合で行けなかった。夏休みも同じで、それが最後の機会でもあった。中学に上がると、祖父の家に行くよりも友達と遊ぶ方が楽しく思うようになっていた。

だから僕と彼女の関係は、それで終わりになるはずだった。

5

飛んできた白球をグローブで受ける。

「西出、ナイスキャッチ！」

夕暮れの河川敷に大声を響かせるのは、同じ劇団に所属する瓜田だ。僕より二つ年上だけど、同年代として普段から仲良くしている。

「読み合わせ、しなくていいのか」

「いいんだよ！」

ボールの応酬が続く。劇団も自粛期間中なので、稽古場を借りることができない。こうして距離を取りつつ、少人数での自主練習が推奨されている。

「それに、発声練習にもなる！　良かったな、役者なら離れてても日常会話できるから！」

瓜田からのボールを取りそこねる。

「秘密の話なんかは、できないけどね」

「ああ、たとえば、お前の彼女の話だ！」

「前も言っただろ。実在してるって」

「まだ会ってない！　写真を見ただけ！」

以前、僕らの非接触同棲の話をしたら、瓜田は不躾に「それは架空の恋人の話か？」と言ってきた。思い切り小突いた記憶がある。

「逢ちゃんだっけ？　お姉さん系の優しそうな子だった！　あれで二個下だろ。お前には過ぎたるものだぞ！」

どうにも投球が鋭い。瓜田が提案してきたキャッチボールだが、さっきからデッドボールばかり投げてくる。

「知ってるんだぞ。逢ちゃんはな、本当はお前の片思いの相手で！　ずっと架空の同棲生活を送ってるんだ！」

「言ってろ」

憐れみの視線と一緒にボールを投げ返す。

「だってよう！」

演技めいた動きで瓜田がボールを追いかける。今度の返球はそれほど速くはない。

「ひと月近く、恋人と顔も合わせない生活なんてできるか、普通！」

「できてる」

「顔くらい見れるでしょーが。アクリル板をはさんでとかさぁ」

それについては提案した覚えがある。返ってきた答えは『刑務所の面会みたいでやだ』だった。

「それに今はネットで色々あるでしょ。オンラインで飲み会とかさ、動画で見れるし。最低限でも電話できるでしょ」

「そういうのは全部断られた。嫌いなんだとさ」

投げ返したボールが放物線を描く。ぼんやりと飛ぶ鳥みたいに。

「じゃあ休日はどうしてるのよ？　いくら忙しいって言っても、お互いの休日がかぶる日くらいあるでしょー」

「一緒に映画とか見てるよ、配信のやつ」

「え、まさかだけどさぁ！」

「時間決めて、別々の部屋で同時に見る。それから感想を付箋に貼って交換する」

ぽとん、と瓜田が捕球に失敗する。呆(あき)れた顔が夕日に照らされている。

「徹底しすぎてない？」

こうした会話はいつもここで終わる。結局、彼女が医療事務の仕事をしているから、徹底した非接触生活を続けていると納得してもらうしかない。

「まぁ、そういうもんかなぁ。逢えない時間が愛を育てるって言うしな。うむー、そういう意味なら、こうして遊べてる我々には愛は育まれないというわけだな、西出くん！」

「冗談」

最後の一球を受け止めて、瓜田はニカッと歯を見せて笑う。今度はボールをこちらに返すことなく、ボロボロになったベンチの方へと歩いていった。無造作に置かれたスポーツバッグを漁(あさ)っている。飲み物でも取りに行ったのかと思えば、そこから出てきたのは折れ曲がった台本だった。

「お前、それ俺に渡す用のやつだろ。あと読み合わせしないんだろ」

「小さいこと言いなさんな。ほれ」

バカ、と小さく声を出す。瓜田が台本をフリスビーのように投げてくる。苛立(いらだ)たしいことに狙いは正確、きっちりキャッチができる。今度からボールじゃなくて手裏剣でも投げさせればいい。

「次の舞台用だってよ！」

「延期になったんだろ」

「違うって。新作らしい。それなら西出くんの空想上の彼女にも見てもらえるはずだぞ！」

ムッとした僕の表情に対し、瓜田は何故(なぜ)か誇らしげに自分用の台本をかかげた。

「なんでも、リモートでやる劇だそうな！」

6

今まで出会うことのなかった季節に、僕らは再会した。

「私の故郷にはアエノコトという伝統行事があります」

大学の大講堂で眠気を堪(こら)えていると、ふとそんな言葉が聞こえてきた。柔らかい女性の声だった。

爽やかな五月にあくびをもたらしてくれる、この一般教養科目のテーマは「日本文化を学ぶ」だ。話の流れで教授が学生に「故郷のお祭りなどありますか？」と聞いた場面だった。

「アエノコトは、見えない神様を一人芝居するみたいに出迎える行事です」

そう喋(しゃべ)る女性の後ろ姿しかわからない。背は高い方だが、華奢(きゃしゃ)な印象を受ける。周囲から浮かない程度の茶髪を低いところで束ねていて、服装は地味めだ。野暮ったいとも言える。

この瞬間はまだ「懐かしい話題だ」くらいに思っていて、祖父母の顔と小学生の頃に見た風景が脳裏に浮かぶだけだった。そこから彼女の顔を思い出すようになったのは次の一言がきっかけ。

「私の名前もアエって言って、それで勘違いされたこともあります。アエのことなんだぁ、って」

気軽なジョークに小さな笑いが起こる。その中でただ一人、僕だけが息を呑んだ。

まさかと思って、講義が終わったと同時に彼女がいる席へ駆け出した。どう声をかけようか全く考えていなかった。もしも別人だったら、それはそれで笑い話になるな、とかは考えた。

「逢ちゃん」

結局、昔のままに声をかけてしまった。彼女が振り返る。歯を見せて笑うようなことはない。でも、その優しげな目元は記憶にある通りで。

「ほら、やっぱり隆ちゃんだ」

何が「ほら」なのかはわからないが、どうやら彼女は僕のことを認識してくれていたらしかった。

「だめ、って言ったのに逢いに来てくれなかった。意地悪」

彼女は微笑（ほほえ）みつつ、小さなバッグからパスケースを取り出した。そこに下げられていたのは、すっかり色が剝げたクマのキーホルダーだった。

「覚えてる？」

予鈴が鳴って、差し込んできた太陽の光が周囲を包んだ。僕は頷くことしかできない。

彼女との偶然の再会に浮かれていた僕だったが、どうにも裏話は極めて現実的なものらしかった。

「隆ちゃんの志望大、おじさんが教えてくれたよ」

大学の食堂で彼女がそんなことを言う。

「ほら、去年のアエノコトでおじさんが来てたから」

「あー、そうだった」

今も祖父は元気だが、足を悪くしたので伝統行事を執り行うのを不便がっていた。それで一昨年から、父親が実家へ手伝いに行っていたはずだ。一緒に行くことはなかったが、お土産（みやげ）の丸ゆべしは楽しみだった。

そうした感慨にふける一方、目の前でサラダうどんを食べる彼女をまじまじと見つめる。

「ん、それじゃ逢ちゃん、俺に合わせてこっち来たの？」

彼女の箸が止まる。生来のタレ目は健在で、それが眠たげな笑顔を作る。

「さては重い女だとか思ってるなぁ。自意識過剰め。最初から東京に出ることは決めてました」

「なんだよ」

この時は笑って流したが、あとで聞いてみれば、やはり受験先を一つ増やしたらしかった。これは僕の想像だけど、知り合いが誰もいない環境より、いざという時に頼れる人間がいる方を選んだのだろう。

という冷静な分析。本当は浮かれていたけど、恋愛感情なんてものを持ち出して、彼女との再会を彩るのが気恥ずかしかった。

「隆ちゃんはさ、こっちでどうしてたの？」

「どうって、普通に中学行って、普通に高校行ってたよ」

「その普通の学校生活のこと、聞かせてよ。昔は休みに来るたびに学校のこと教えてくれたよね」

思わず苦い顔をする。小学生男子が全力で話す学校の楽しさと、大学生が話す思春期の痛々しい思い出は比べられない。

「彼女できた？」

「ほら、そういうこと聞く」

からかっているのか、彼女の目が意地悪そうに細くなる。

「私はどうだと思う？　私も向こうで普通に中学生やって、普通に高校生だったよ」

そう告げられた瞬間に胸が苦しくなる。

当然だけれど、彼女の人生は僕が知らない時間の方が多い。小学生の頃は、彼女が僕以外の誰かと遊ぶのを見たことがなかった。だから勘違いしていたのかも。

「彼氏とか」

どうやら幼馴染みという特権はそれほど効力がないらしい。漠然とした喪失感がある。

「さて、どうでしょう。ひみつ」

彼女はふんわりと優しく、それでいて残酷なことを言う。

7

この日のバイトは休みだった。だから午後に劇団の打ち合わせを軽くしたあと、夕食時のタイミングで帰宅することができた。

彼女が帰ってくるのは僕より遅く、だいたい夜九時過ぎだ。仕事が忙しいことを僕がどうこう言える筋合いはない。無責任に頑張ってとも言えないし、辛いならもっと休んでとも言えない。

せめて役に立てるよう家事はしたいが、これをやりすぎると逆に怒られる。僕が洗濯物と掃除を苦手としていることもそうだが、やるべき家事が残っていないと彼女自身のプライドに傷がつくらしい。だから完全分担の食事を抜いたら、食器洗いと水回りの掃除だけ。あとはメモに従っての買い出し。

「ティッシュとトイレットペーパー、あと切れてた石鹸(せっけん)ね」

今日は彼女が付箋を残していないから、ほとんどが独(ひと)り言(ごと)だ。でも、この何気ない言葉が彼女に届いていると信じて呟(つぶや)く。

「それから、新しい舞台が決まったよ」

そう言い残して、僕は自室へと戻る。ベッドサイドに置きっぱなしの台本を開き、次の公演に向けて内容を頭に入れておく。

瓜田の言葉通り、次の舞台はリモートでやるらしく、演者は自宅ないし相応の場所で演技を録画する。複数の登場人物の人生をビデオで再生し、それが交差していくのを楽しむという趣向だ。以前から準備していた脚本を換骨奪胎したものだというが、この短期間で書き上げたというのだから舌を巻くしかない。それだけ劇団側も必死というわけだけど。

僕に割り振られたのは余命わずかな男性の役で、結婚を約束した相手にビデオメッセージを送るというシナリオ。自分の死後に再生してもらう予定で、一人残してしまった婚約者に愛を伝えていく。

「君がこれを見ている時、僕はもうこの世にいないだろう、ね」

ベッドに体を預け、役のセリフを脳内で繰り返していく。真面目そうな若い男性ということで配役が決まったが、今の状況を考えれば象徴的に過ぎる。

「僕はずっと君に語りかける。もう、この世にいなくても」

天井に向けて朗唱する。役に入り込む必要もないくらい、それは僕の心情にマッチしてしまう。

ここで何気なく瓜田の言葉を思い出す。どうにもずっと心に残ってしまっていた。

「架空の恋人か」

疲れていたのか、僕の意識はここで途絶えた。

8

僕らは、大学生活の半分近くを友達として過ごした。

「映画、楽しみだね」

彼女はそう言って付き合ってくれたが、僕が本当に誘いたかったのは演劇部の先輩だった。この直前に見事にフラれたので、敗戦処理とでも言うべく彼女に声をかけた。

かくいう彼女もスマホを片手に席を外す時が多かった。確かめたわけではないけど、それこそ彼女が本当に大事にしている人だと漠然と思っていた。きっと高校時代から付き合っている彼氏で、その相手に嫉妬されないよう連絡を欠かさないのだ。

その時の僕はそんな風に考えていた。

「おまたせー、ブランケットも借りてきちゃった」

カップルシートの隣に彼女が座る。これも結局、僕のワガママを聞いてくれているだけ。

正直に言えば、僕は彼女のことが好きだった。

でも、下手に恋心なんて抱いても、それが受け入れてもらえなかったら絶望的だ。幼い頃の記憶を共有している彼女から見放されたら、普通に知り合った異性から嫌われるより、ずっと辛い。

「逢ちゃんさ、寝てなかった？」

映画を見終わって、近くのカフェで感想を言い合う時間になった。

今回チョイスした作品は単館系の芸術性が高いやつ。演劇部の先輩が好きそうだから選んだだけで、残念ながら僕も内容が頭に入っていない。

「ええ、ちょっとだけだよ？」

「正直者だな。まぁ、僕も寝てたけど」

「ひどい」

二人して笑う。コーヒーを飲みながら、次はもっと別の映画を見ようと約束する。僕から誘ってもいいけど、その時は事前に彼女に見たいものを聞いておこう。そう思った。

ニコニコしながら僕に付き従ってくれる彼女。それに気後れして、いつの間にか僕の方が道を譲っている。こういう関係は十年前から同じだった。

「そういえば、これさ」

僕はテーブルの上に置かれた彼女のパスケースに触れる。相変わらず色の剝げたクマが付けられている。

「ずっと持っててくれたんだ」

「いいでしょ。これ持ってれば、隆ちゃんに私だって気づいてもらえると思って。授業で逢えたのは偶然だったけどね」

「見つけてもらいたかったの?」

「ふふ、どうかな」

その答えには正直者とは言えない。

それからも僕は彼女にワガママを押し付けた。

文学部の課題で美術館に行くことになれば他学部なのに彼女を誘ったし、舞台の稽古にも付き合わせた。二十歳の誕生日に記念として仲間内でバーへ行こうという話になり、その予行演習として未だ酒が飲めない彼女を連れて行った。演劇部の後輩から告白された時は、その恋愛相談に乗ってもらうこともあった。

「いいよ、今度はどこに行く?」

彼女はいつも笑って頷いてくれて、でも昔みたいに罪悪感が湧くことはなかった。彼女は彼女で、きっと故郷に恋人がいるはずだ。だから関係は平等なんだ。そう信じた。

この均衡が崩れたのは、大学二年生の冬だった。

期末試験が終わった一月末、仲良くしている部活の仲間で新年会を開くことになった。そして当然のように彼女を誘った。普段から僕に付き合って演劇部に顔を出していたから十分に資格はある。

「隆ちゃん、あんまり羽目外さないでね」

苦笑いしながらも、彼女はいつものように受け入れてくれる。

ただ事件は一軒目をお開きにしようとしたところで起きた。それまで女子部員と仲良く話していた彼女が、店を去る時になって虚ろな表情で壁にもたれかかっていた。

周囲の連中が騒がしく二軒目を目指す中、僕は彼女に近づいて様子を確かめる。顔色は悪いが瞳は潤んでいて、唇が乾いていた。

「逢ちゃん、大丈夫？」

「ちょっと具合悪いかな」

酔ったのかと思ったが、彼女は一口も酒を飲んでいないはず。それは飲み会の最中にもチラチラ見ていたから知っている。

「貧血気味。あんまり言わなかったけど、体弱くて」

「帰ろう。幹事に一声かけてくるから」

新年会に誘った責任者として、僕は彼女を家に送り届けることにした。幹事の同期からはイヤらしい笑みを送られたが、それに反応するほどの余裕もない。

「帰るよ、立てる？」

他の友人たちに置いていかれたあと、彼女に肩を貸して店の外へ出た。そこで視界に白い粒が舞った。

「天気予報通りじゃん」

東京は夜遅くから雪、場合によっては吹雪（ふぶ）くこともあるでしょう。今朝方に聞いたお天気キャスターの声が頭のなかで再生される。一応、折りたたみ傘は持ってきているけれど。

「おぶって、隆ちゃん」

「ええ？」

僕が傘を開いたあたりで彼女が背にのしかかってくる。別に無理な重さではない。むしろ背丈の割には軽いくらい。それと合理的ではある。彼女の下宿先は近いし、狭い路地でタクシーを待つより早く移動できるはずだ。

「仕方ないか」

僕は自分のリュックを前掛けにし、改めて彼女を背負う。小さなバッグもこっちで持って、傘だけは彼女に差してもらった。

「あと隆ちゃん、私のスマホ出して」

どんどんと要求が増えてくる気がする。しかし、弱っている彼女に無理をさせられない。後ろ手でバッグを漁って彼女のスマホを取り出して渡す。

「連絡しなきゃ」

「こんな時でも連絡するのか？」

「こんな時だからね」

彼女は傘を首で挟んで、僕の肩越しにスマホを操作し始める。だからメッセージの送信相手も見えてしまう。正直、その瞬間はひどい顔をしていたと思う。男に背負われながら交際相手に連絡をする。それが目の前で行われていて良い気持ちはしない。

しかし、その画面に映る送信先の名前を見て小さく声を漏らす。

「お母さんに連絡してるの？」

「そう、過保護でしょ」

彼女が母親に送ったメッセージは「新年会は終わって、無事に帰りました」という大嘘(おおうそ)だった。いや、嘘ではなくて、きっと未来予測なんだろう。

「私、病気で倒れること多くて。婦人科の常連さん。だから一人暮らしさせたくなかったみたいで、定期的に連絡するなら、ってことで許してもらった」

その流れで彼女が直近で連絡した相手の一覧も目に入る。一番上が今言った母親で、その下に僕の名前があった。

「いつも連絡してたのって」

「うん、お母さん。あ、さては――」

彼女が肩越しに顔を寄せてきた。

「彼氏だとか思ってた？」

耳が熱くなる。酔いが回ってきている。変にふらついて彼女を落としてはいけない。しっかりと次の一歩を踏む。

そうして少しの間、僕は無言のまま夜道を歩いた。傘を叩(たた)く雪の音がやけに大きく感じる。視線を上げれば、誰もいない住宅街の道に雪が降り積もり始めている。

「こっちの雪は、なんだかシトシトって感じだね」

「ああ。で、具合は良くなった？」

「ちょっと楽になった。あと私、彼氏とかいないよ」

必死に聞かないようにしていた答えを、日常会話に混ぜて言い放ってくる。柔らかいケーキに金属片が入っているようなものだ。

「ねぇ、隆ちゃん」

「なんだ？」

「何か私に言いたいことない？」

「あっても、今は言いたくない。体調悪いんだろ」

「言ってくれたら、もっと体調良くなる」

それには答えず、ただ数歩だけ歩いた。

街灯に照らされて雪が白く反射している。東京ではなかなか見られない光景で、僕らが初めて逢った時に見ていた風景だ。視界の端に見えるのは彼女のマフラーで、それは真っ赤な色をしている。

万事がこの調子、それは合っていたはず。僕のワガママは巡り巡って、彼女に都合のいい形で回収されてしまうのだ。

だから、これには応える必要がある。

「言うか」

街灯の下で僕は足を止める。

「逢ちゃん、好きだ。付き合って」

ふと周囲に雪が散った。どうやら彼女が傘を回して、積もった雪を払ったらしかった。

「いいよ」

温かい吐息が頬を撫でてくれた。

9

すごくイヤな夢を見た。

夢の中で僕は祖父の家の座敷にいて、大切なお客さんを出迎える立場だった。祖父と同じだ。周囲には家族がいて、その見えない誰かが来るのを待ちわびている。

「ようこそ」

やがて見えない誰かが屋敷に入ってきて、僕はそれと歓談し、風呂へ案内して、豪勢な食事を説明しながら提供していく。夢の中の僕は、そのお客さんが存在していると思っているけれど、周りの誰からも姿は見えない。

その透明な誰かはアエと呼ばれていた。

「君は神様だから、姿が見えない」

僕の冗談に彼女は笑ってくれる。もちろん姿は見えない。概念的な笑顔だった。それを僕は受け入れる。

「どうぞ、この家にいてください」

そうは言ったが、やがて神様である彼女は豊作をもたらすために田に帰る。僕は透明な彼女を背負って、雪の積もった田んぼを踏みしめていく。

白くて重い雪に体が沈んでいく。

目が覚めた時、僕は台本を強く握りしめていた。

ある意味では悪夢だったけど、どこかで考え続けた不安が膿のように吹き出してきたとも言える。

「逢、帰ってきてる？」

僕は体を起こして廊下へと出る。深夜の自宅に人の気配はない。ドアが開いた音で目覚めた気がしたけど、それは夢の音だったのかもしれない。

「なぁ、返事が欲しいな」

暗い廊下を進む。スリッパの位置も同じで、どこにも彼女の残り香はない。

祖父が執り行ったアエノコトの光景が蘇ってくる。僕には姿が見えなかった大切なお客さんは、もしかして祖父には見えていたのだろうか。あれは一人芝居などではなくて、周囲の人々から理解されていないだけの当然の振る舞いだったら。

架空の恋人、という言葉が重くのしかかる。

もしかしたら彼女と同棲しているのは僕だけで、周囲の人が見れば、僕は透明な誰かに向かって話しかけているだけなのかもしれない。

すがるような気持ちで、彼女の部屋の前まで来る。そこに貼られた付箋を見て思わず安堵する。

『おやすみ、隆ちゃん』

でも、と悪い考えが首の横から顔を出す。

この付箋でさえ僕が用意したという可能性はある。彼女が言いそうなことをそれらしく想像して、必死に彼女の筆跡を真似て書いたのだとしたら。

自分で料理を作ってタッパーに詰めて、彼女が好きだった香水を買って部屋に匂いを染み込ませる。そうした工作を行ったあと、僕は都合良く記憶を消しているだけ。

彼女は存在していない。

そんなことを考えてしまう。だから顔を合わせられない。彼女がいるように振る舞って、自分で自分を信じさせているだけだ。

「逢、ねぇ、起きてたら声を聞かせて」

きっと、この部屋の扉を開ければ簡単に明らかになる。全部がただの妄想で、仕事に疲れた彼女は布団にくるまって眠っているだけだ。それに僕は安心して、おやすみと呼びかけて自室に帰るだけ。

そう、きっとそういうことになる。

たとえ、この部屋の中には何もなくても、もしくは僕が自分で買った彼女のための洋服が積まれていようと、それはなかったことになる。記憶は修正されて、信じたいものだけを信じるようになる。

「逢、君はそこにいてくれるよな」

ドアノブに指が触れる。しかし筋肉がこわばり、そこから少しも動かせなくなってしまう。

せっかく非接触同棲を続けてきたのに、この馬鹿げた不安でダメにしてしまっていいわけがない。どれだけ言い訳しても彼女は僕を怒って、それでケンカになってしまう。

今の関係を崩したくはない。

と、ここでようやく冷静な僕が出てきてくれた。

結局、僕は何も確かめることなく、彼女の部屋に背を向けた。

10

大学生活の後半は一瞬だった。

大事な思い出としては三年生の文化祭。僕は演劇部の部長になり、その特権を活かして学内公演では主役まで務めた。

思い返すと恥ずかしいけど、僕は演出という言い訳をして、簡単に第四の壁を突破してみせ、客席に座る彼女に熱烈な愛の告白をした。騒がしいお祭りの空気に押されて、周囲の人々も拍手喝采で、浮かれた空気の中でキスまでした。

ただ、こういう調子に乗った行動はあとできっちり怒られた。そのまま別れ話も飛び出すかと思ったけれど、そこは僕の平身低頭の謝罪と彼女のおおらかさで事なきを得た。

言ってしまえば、この時期にたっぷり馬鹿げたカップルを演じることができたので、あとで変にこじれることがなかった。卒業年次になれば、それぞれ就職活動に勤しみつつ、落ち着いた大人のデートをすることができた。

春から夏にかけて、それほど騒がしくない時間を一緒に過ごした。公園を歩いて、風景を楽しんで、カフェでお喋りをして。夏休みに入れば、彼女の帰省に合わせて小旅行をすることもあった。

夏の輪島市は僕にとっても懐かしい。こういう形で再び訪れるとは思ってもみなかった。この小旅行で彼女の両親に挨拶をして、前の年に亡くなった祖父の墓参りをするつもりだった。

「あのお地蔵さん、隆ちゃんが叩いてたやつだ」

彼女が道の先を行く。夏の日差しは強く、かたわらの雑木林の影ばかり選んで踏んでいく。側溝を流れる水が鮮やかな緑色の草を揺らしていた。

十年ほど前に歩いた道を、もう一度彼女と歩いている。あの日に「もう来ない」と言ったのに、また帰ってきた。

それが何よりも大事なことのように思えた。

11

リモート演劇を収録する日がやってきた。

小包で送られてきた衣装を見て、僕は思わず笑ってしまった。それは立派な紋付き袴で、結婚式で新郎が着るには十分なものだ。しかし、僕には、そしてきっと彼女には別の意味になる。

「さぁ、気合いを入れろ西出隆太郎。これから大事な一人芝居だ」

僕は洗面所の鏡を前にして髪型を整える。紋付き袴に着替えた自分は、どこかあの日の祖父の姿に似ていた。

自室に戻る直前、彼女の部屋の前で立ち止まる。

もはや意味がなくなった来月の公演チケットを付箋と一緒に貼り付けた。そのチケットには『開演十八時・於自室　特別席』と赤字で新たに書き加えておいた。

「僕はこれから舞台に立つよ。逢、良かったら見に来てよ」

その返事を待つこともせず、僕は部屋に戻って機材の準備を始める。小道具は最低限で良い。壁際に椅子を寄せて、そこに座ったまま演じていく。全身全霊の演技を収めるのはスマホのカメラで、そのスタンドだけは持っていなかったから瓜田から借りた。

「よし、こんなもんか」

照明器具とレフ板代わりのカラーボードを設置し、録画の設定を試行錯誤し、画角を調整していく。ようやく満足いく形になったところで、一度だけ深呼吸。

舞台に立つ時とは違った緊張感があった。

録画なら何度でもやり直せる？　そうは思わない。台本の中にいる役の人物も、ただ一度の録画と思って臨んでいたはずだ。それに、僕は今夜の一人芝居に大切な意味を込めるだろう。

あの六・五インチの舞台には、僕の人生を決めるには十分な広さがある。

12

彼女が入院したと聞いて、僕はすぐにお見舞いにいった。

「ごめんね、やっぱり倒れちゃった」

ベッドで半身を起こす彼女は予想よりも元気そうで、それがかえって心配になる。きっと無理をしたんだろう。周囲にも悟られないように、ずっと耐えてきたに違いない。

「これじゃあ就活も絶望的だぁ。医療系を受けてる本人が面接会場で病院送りとはなー」

明るく誤魔化す彼女だが、やはり落ち込んでいるのだろう。指先を何度もいじっている。それは不安な時の彼女の癖だ。

「あんまり無理はするなよ」

「無理じゃないよ。自分の体調くらい、わかってる」

そう言う彼女から力のない笑みが返ってくる。

「ねぇ、隆ちゃん」

「どうした？」

「私が死んだらさ」

なんとも気楽な調子で、そんな滅多なことを言うものだから、僕は思わずのけぞってしまう。椅子に足を引っ掛けて転んでしまい、かえって彼女から心配されてしまった。

「うそうそ、冗談だって。ええ？　こんな時だから言ってみたかっただけなのに」

「こんな時だから言わないでくれ」

「あー、うん。ごめんね」

倒れた椅子を起こし、彼女の横について座る。儚く震える手を握って、そこに実在することを強く確かめる。

「じゃあ、私が退院したらさ、って話にしようか」

「それなら良いよ」

いくらか痩せた彼女の頬が赤く染まり、照れくさそうな微笑みがあった。

「って、言ってみたけど何も思いつかないな。隆ちゃんは何かある、私が退院したらしたいこと」

「そうだな、また旅行に行きたいかな。あとは——」

前々から言おうと決めていたことがあった。普段は二人でいる楽しさにかまけて言えなかったことだ。

「同棲してみようか」

そして彼女は、僕の提案に頷いてくれた。

「僕も就職、っていうか先輩のいる劇団に行くけどさ。ちゃんと他にバイトしてお金も貯めるし……。あとは家探しとかも、実はしてたりして」

「あ、家探しなら私もしてたよ。ちょうどね」

優しく彼女の肩を小突く。結局、二人とも同じことを考えているのに、いつもと同じように僕のワガママを聞いてもらう形になる。

僕が好きなのは彼女で、この関係だった。

13

画面の中に僕がいる。

紋付き袴姿で、まっすぐに正面を見て、そこにいるはずの恋人の姿を想像して言葉を重ねていく。

「ずっと二人で過ごしていたから、こういう日が来るのを想像できなかった。でも君は、僕のいなくなった世界で今も生きている」

今回のリモート演劇はただ長台詞(ながぜりふ)を読み上げるのではなく、それぞれの役に添った心情を吐き出していく。アドリブの部分も多いけど、これは今の僕にはぴったりだった。残念ながらだけど。

「このビデオレターには、色んな場面を用意しておきたい。たとえば君が辛くなった時に励ませるような言葉や、嬉しい時を一緒に祝えるような。でも一番良いのは、君がこの先を見ないでデータを消してくれること」

僕はこの芝居を姿の見えない彼女へ送っている。大切なお客さんに料理を出す時みたいに、一つ一つ丁寧に自分の感情を説明していく。

「君は死んだ僕のことなんて忘れて、自分の人生を歩んでほしい。でも、こういうのって、男性が自分だけを特別だと思いたがっての言葉なのかもね。それなら僕は痛いヤツだ」

演技としての微笑みに、自然と感情が乗ってくれた。

「ただもしも、君が本当に辛かった時に寄り添えなかったら、それは死んでも死にきれない。せめて僕の言葉を思い出にしてほしい」

それから数分ほど、死に別れた恋人に向けてメッセージを残した。これは演技だったけど、思い出を一つずつ噛みしめて吐き出す作業は何度も喉を詰まらせた。泣きそうになるのを堪え、喉の奥に生じる熱さに耐えた。

やがて終盤にさしかかった頃、予想外のことが起きた。

レフ板代わりに壁際に置いていたカラーボードが倒れた。いや、それは付随して起こった小さなことで、重要なのはカラーボードが開いた扉によって押されたという事実。

「僕は君と」

この驚きを演技に反映させなくてはいけない。ここで録画を止めてしまえば、きっとあの幻は消えてしまう。

「逢え、て——」

開かれた扉から、マスク姿の女性が入ってくる。

これが僕の脳が生み出した幻だというなら、あまりにも残酷すぎて、そうじゃないなら幸福すぎる。

そろそろと歩きながら、女性は倒れたカラーボードを目撃して驚いたように目を見開く。それから心底申し訳なさそうに両手を合わせて謝罪のジェスチャーを送ってくる。

「良かったと、思ってる。君と出会えなかった人生を、想像できない」

驚きを涙で声が詰まる演技に変換していく。もしかしたら、本当に泣いていたのかもしれない。

「逢えたんだ、ようやく」

そこに逢がいる。僕の大事な恋人。

ひと月ぶりに見る彼女の顔は、以前と変わりなく健康そうで、特徴的なタレ目で優しげな微笑みを表現してくれた。

黒に近い茶髪をくくって、気を使うことないのに化粧までしてくれて、服装だって外行きのものだった。僕の舞台を見に来てくれる時と同じ。その一歩ごとの動きを視線で追う。これではどちらが観客かわからない。

そんな僕を見る彼女は対面にある特別席——とは名ばかりの単なる座布団——に、物音を立てないように小さく座る。

「僕がこうなる前、ずっと不安に思うことがあった」

　彼女が静かに見守ってくれている。手を伸ばせば触れられる距離にいるけど、この舞台を降りるわけにはいかない。

「もしかしたら君は幻で、僕が恋人に逢いたいと願ったから、神様が作り出してくれたんじゃないか、って」

　彼女の目元の微笑みが真剣なものに変わっていく。このセリフは半分がアドリブだけど、大筋からは外れていない。

「それくらい君は、僕にとって完璧な恋人だった。そんな相手がいるわけない、架空の恋人だろうってからかわれたこともある」

　後半はアドリブ。瓜田への当てつけだ。

「でも君はいてくれて、僕はそれを心から嬉しく思えた」

　僕は声を届ける。映像を通して舞台を見てくれる無数の誰かに。だけど本当に伝えるべき相手は数十センチ先にいて。

「最後に一つだけ、僕が生きている内に言えなかった言葉を言わせて欲しい。もしかしたら君を縛る言葉になってしまうかもしれないけど……」

　僕は椅子から離れ、スマホに近づいていく。その向こうにいる誰かへ心から語りかけるつもりで、最後のセリフを紡いでいく。

「僕と、結婚してください」

そして録画終了のボタンを押す。これで僕の舞台は終了。本番という意味では公開はまだ先だけど、撮り直しはしないというから、これで終わり。

「逢、どうかな？」

スマホをスタンドから外しつつ、小さく拍手を送ってくれる彼女へ問いかける。受け取った彼女もマスクを下げ、目元に溜まった涙を一度だけ拭う。

「いいよ」

僕は思わず彼女を抱き寄せようとして、彼女もそれを受け入れてくれようとして、すんでのところでお互いに手を広げたまま固まる。そして二人して笑う。

非接触同棲のルールが、いくつか破られてしまった。

14

根本的なことを言えば、僕はまだ彼女の実在を疑っている。

「逢、そろそろ交替の時間だぞ」

「えー、あと三分だけ」

「だめ。入るぞ」

ずっと部屋の前で我慢していた僕は、用意していたマスクをかけて扉を開ける。かつての僕の部屋、その奥で彼女がベビーベッドを覗き込んでいる。

「意地悪なパパでちゅねぇ」

彼女はそう言って立ち上がり僕と交替する。お互いの手が何もない空間をなぞって、触れ合わないままのハイタッチ。

「逢は、最近は僕のワガママを聞いてくれなくなったな」

「もう必要なくなったしね」

それだけ言って彼女は部屋を去っていく。こうして会話して姿も見える彼女でさえ、僕が生み出した幻なのかもしれない。なにせ結婚してからも、ゆるやかに非接触生活は続いているのだから。

「ママはねぇ、パパの扱い方が上手いんだぞぉ」

僕はベビーベッドで眠る彼に声をかける。

それは僕らの非接触生活に新しく加わった存在。ルールも改定されて、接触できるのは両親のどちらか一人で交替制と決まった。

「非接触同棲をしようって最初に言ったのは、どうやら僕らしくてね。それが最後に聞いてくれたワガママになっちゃったよ」

僕にしか見えないはずの神様は、妊娠と出産を経験し、今ではリモートでママ友たち——ちなみに、そのうちの一人は瓜田だ——とお喋りもできるらしい。

ふと家族の思い出の品が飾られた棚の方を見やる。

壁のコルクボードに引っかかっていたのは、すっかり色の剝げたクマのキーホルダーが一つ。

解　説

大森　望

二〇二〇年の年頭から表面化した新型コロナウイルス感染症は、ものの二、三か月で世界を一変させた。マスク手洗いうがい消毒、ソーシャル・ディスタンス、三密回避、検温、換気、時差通学・時差通勤、リモート会議、テレワーク、緊急事態宣言、蔓延防止等重点措置、リバウンド防止措置、人流抑制、時短営業、酒類提供禁止、路上飲み、アクリル板、黙食、医療崩壊、ワクチン接種、副反応、新しい生活様式、変異株、アフターコロナ、ｗｉｔｈコロナ……。

さまざまな言葉や習慣があっという間に浸透し、コロナ禍以前にどんな生活をしていたのか、なかなか思い出せなくなっているほど。まあ、わたし個人の場合は、出演予定だったあらゆるイベントが流れたり、チケットをとっていたあらゆるライブが中止になったりしたおかげで仕事場にこもるしかなく、むしろ原稿がはかどったくらいでしたが、うちの子ども（大学生と高校生）にとっては、人生の重要な一部が奪われたようなもの。世の中全体で見ても、コロナ禍によって、人と会う機会が大幅に減ったことはまちがいない。

ということは当然、恋愛事情にも大きな変化が生じているはず。現実にどう変わったかについては、さまざまな調査結果がネット上で公開されている。

たとえば、脱毛サロン「恋肌」が、二〇二一年九月、全国の二十〜三十代の女性を対象に行った「コロナ禍の恋愛事情」に関する調査では、インターネットを通じて千二十三人が回答。「コロナ禍で恋人ができた」と答えたのは15・7％で、そのうち38・5％がマッチングアプリを利用している。「コロナ流行前後で恋愛（デート）スタイルに変化は生じましたか？」という質問には、『はい』が71・8％。具体的には、『おうちデートが増えた』69・4％、『人混みを避けるようになった』54・4％、『飲食店に行くことが減った』49・7％。「コロナ禍になり恋愛をすることが難しくなったと感じますか？」という質問には、『とても感じる』と『少し感じる』を合わせて、イエスが60・2％。

また、国内最大級のマッチングアプリ「Ｐａｉｒｓ」を運営する株式会社エウレカは、二十〜三十代の男女千人を対象に、「コロナ禍の恋愛意識調査」を実施。コロナ禍以降、前より恋人がほしいと思うようになったと回答した人は51・7％。実際に恋人探しをしていると答えた人のうち、57・1％が「マッチングアプリ」を利用。そのうち59・4％が以前より利用頻度が増えたと答えている。巣ごもり需要で映像配信サービスの利用者が増えたのと同じく、マッチングアプリ、マッチングサイトの利用も増えているらしい。

外で出会う機会が減っているのだから、当然と言えば当然か。

……と、すっかり前置きが長くなったが、そういう〝コロナ禍の恋愛事情〟を題材に新進気鋭の作家七人の書いた短編を集めたのが本書。

もともとは、ＪＵＭＰｊＢＯＯＫＳの公式ｎｏｔｅ（インターネット上にあるクリエーター向けのプラットフォーム）で二〇二〇年七月にスタートした連載企画「アフターコロナの恋愛事情」が出発点。これまで恋愛をテーマにした公募新人賞「ジャンプ恋愛小説大賞」の運営を担当していた編集者が、コロナ禍で恋愛小説はどう変わるのかと疑問を抱き、この連載を企画したという。企画趣旨を記した文章の一部を引用する。

「コロナ禍の時代に生きる以上、生活様式の変容は避けられないと言います。

エンターテインメントにおける重要な要素、恋愛もまた、変容は免れないでしょう。

学校は、男女の出会いが生まれるイベントに満ち満ちた空間だったが、今後はどうか。

酒場で隣り合った男女が恋に落ちることは、果たしてこれから先ありえるのか。

きっと将来、この災厄は克服されるはずだと思います。しかし疫病が去ったあと、人と触れ合う、出会うことは、２０２０年の春より前と同じでしょうか。どうもそうは思えない。

アフターコロナの時代、どんな恋愛ならありえるのか？

その答えを少しでも探るため、今回『アフターコロナの恋愛』をテーマにした短編小説を、気鋭の作家に依頼しました」

この依頼に応じて執筆され、公式ｎｏｔｅに掲載された六編に、相沢沙呼が新たに書き下ろした一編を加えて、本書『非接触の恋愛事情』が誕生した。

コロナ禍で恋愛事情はどう変わったのか。濃厚接触が忌避されて、リモート化が進んでいるのか。不特定多数とのつきあいを避けることで、むしろ特定の恋人との仲が深まっているのか。家から出ないことで夫婦の関係はどうなるのか。七人の作家がそれぞれ違ったコロナ禍の（あるいはコロナ後の）恋愛模様を描き出している。

相沢沙呼「拝啓コロナさま」は、「世界なんて滅んでしまえばいい」と思っていた高校生の朝陽（あさひ）が語り手。小学三年生のときからクラスで病原菌扱いされ、中学二年でとうとう不登校になってしまった過去がある。高校でも同じことが起こるのではという不安に怯（おび）えながら日々を過ごしていたとき、コロナ禍が世界を襲い、そのおかげで朝陽は不安から解放される。しかし今度は、マスクをはずさなければならない日のことを恐れるようになる……。

ここまで極端でなくても、いままで学校や会社にうまくなじめなかった人の中には、コロナ禍のマスク生活やリモート授業、リモートワークのほうが居心地がいいと思う人も少なくないだろう。ずっとこのまま〝新しい生活様式〟が続けばいいのに。とはいえ、いつまでもコロナウイルスに頼ってはいられない。写真部の荻野先輩のおかげで、少しずつかわりはじめる朝陽だが……。コロナ禍に揺れ動く思春期の心を、女性描写に定評のある相沢沙呼が細やかに描き出す。

つづく北國ばらっど「仮面学級」は、チャットアプリの中につくられた仮想的な教室が舞台。深空高校一年A組に入学予定の生徒だけが集まり、それぞれ動物のアイコンを使って〝仮面学級〟に参加する。名前もプロフィールもでたらめで、男子か女子かも曖昧なまま。もともと学校が苦手だった〝ぼく〟にとって、仮面学級はとても居心地のいい場所だったが……。

こちらの主人公も、「拝啓コロナさま」と同じく、以前とは違う、コロナ禍の日常に救いを見出している。学校にうまく溶け込めない少年少女にとって、コロナ禍が一種のモラトリアム（猶予期間）になりうるということかもしれない。

朱白あおい「過渡期の僕らと受け入れない彼女」は、一転して、〝新しい生活様式〟が行き着くところまで行ってしまい、日本がディストピア化した二〇三五年の物語だ。コミュニケーションのほとんどはオンラインに移行し、人と人がリアルで会うことはめったになくなっている。そんなとき、オンラインでデートしていた彼女から、ついにリアルで会う約束をとりつけた〝僕〟こと洋太は、幼馴染みの弥子とその姉の真琴に相談をもちかける。だが、折悪しく、感染症罹患者が出て、県境が封鎖されてしまう……。ただのデートがまさかの事態に……。

十和田シン「ああ、鬱くしき日々よ！」は、主人公の年齢がぐっと上がって二十五歳。自宅でイラストレーターの仕事をしている桐乃雫は、高校の同級生だった恋人・久戸礼と、もう三年も同棲中。モラハラめいた礼の言動にいままではなんとか我慢してきた雫だが、コロナ禍のおかげで、礼は仕事をテレワークに切り替えると宣言し、いつも家にいるようになる。ぎすぎすした空気をなんとかすべく、一緒に旅行に行こうと持ちかけるが……。

こちらはコロナ禍のステイホームが、家庭内のストレスを増やすパターン。現実にも、二〇二〇年度のＤＶ（ドメスティック・バイオレンス）相談件数は、前年度から一・六倍に急増している。在宅時間の増加や社会的ストレスが要因と見られるという。もっとも、コロナ禍のストレスが加わることによって、いままでの生活のひずみが顕在化した結果、問題解決への道筋がつくこともあるかもしれない。

上遠野浩平「しずるさんと見えない妖怪　～あるいは、恐怖と脅威について～」は、おなじみ《しずるさん》シリーズのスピンオフ短編。安楽椅子探偵役のしずるさんは、山の上の病院に長期入院中の美少女で、怪事件や難事件に目がない。助手役のよーちゃん（女子高校生）がそういう事件について調べてきて、病室で報告し、しずるさんが鮮やかに解決する――というのがシリーズの黄金パターン。本編では、「怖がりなのは悪いことなのか」という疑問から出発し、恐怖と脅威について、新型コロナ感染症にも通じる議論がくり広げられる。

半田畔「グッド・ローカス」は、〝位置情報統括保護条例〟が施行され、都内にいるすべての人間の位置情報を都庁が把握できるようになった近未来が背景。都庁の環境局都市デザイン課に勤務する主人公の由佳（ゆか）は、去年結婚したばかりだが、まだ式は挙げていない。なかなか日程も決まらず、そのうちなんだか二人の仲がぎくしゃくしはじめる。そんなある日、由佳は勤務先のデータマップ上で、まだ芸大の学生だった八年前につきあっていた恋人を発見する。

今回のコロナ禍では、感染拡大防止のため、世界各国でスマートフォンを活用した市民の行動履歴や接触者履歴などのデータの収集と分析が行われている。日本では、プライバシー保護の観点から、いまのところ、スマホの接触確認アプリも、個人が特定できるようなかたちでは利用されていないが、中国をはじめいくつかの国では、接触確認アプリによって個人の位置情報や電話番号などのパーソナルデータが集められている。本編に描かれているような位置情報管理も、数年後には実現しているかもしれない。

ラストを飾る柴田勝家「アエノコト」は、稲作を守る田の神様に祈り、感謝する奥能登（おくのと）の代表的な民俗行事「あえのこと」を題材にしたラブストーリー。石川県鳳珠（ほうす）郡能登町のウェブサイトによれば、あえのことは、「昭和51年に国の重要無形民俗文化財に、平成21年9月30日には世界無形遺産に登録されました。12月5日、1年の収穫を終えた田んぼから夫婦神である田の神様を迎え、ごちそうでもてなします。長く厳しい冬を家族と一緒に過ごした田の神様は翌春の2月9日に田んぼに送られます。昔は、能登町の多くの農家で行われていました」が、最近ではさすがに少なくなっているらしい。

柴田勝家は、こうした民俗学的なモチーフに、〝非接触同棲〟というコロナ禍ならではの現代的なモチーフをぶつけることで、新しい恋愛小説を生み出している。

以上、コロナ禍から生まれた七つの恋愛模様。こうして見ると、恋愛小説にはまだまだいろんな可能性がありそうだ。

（おおもり・のぞみ　翻訳家・書評家）

著者略歴

相沢沙呼（あいざわ・さこ）
一九八三年、埼玉県生まれ。二〇〇九年『午前零時のサンドリヨン』で第十九回鮎川哲也賞を受賞し、デビュー。二〇年『medium 霊媒探偵城塚翡翠』で第二十回本格ミステリ大賞を受賞。著書に『マツリカ・マジョルカ』『雨の降る日は学校に行かない』『小説の神様』『教室に並んだ背表紙』『invert 城塚翡翠倒叙集』など。

北國ばらっど（きたぐに・ばらっど）
一九八九年、北海道生まれ。二〇一四年『強欲な僕とグリモワール』で第八回ＨＪ文庫大賞・銀賞、『アプリコット・レッド』で第十三回スーパーダッシュ小説新人賞・優秀賞を受賞し、デビュー。二〇年、『岸辺露伴は叫ばない 短編小説集』内の一編「くしゃがら」がドラマ化される。『呪術廻戦』のノベライズを担当する。

朱白あおい（あかしろ・あおい）
佐賀県を拠点として活動する。アニメ作品の脚本家として『結城友奈は勇者である』等のシリーズに多数参加。小説家としても活動。『刀使ノ巫女』のノベライズなどをJブックスから刊行している。漫画原作者として『神無き世界のカミサマ活動』等を発表。

十和田シン（とわだ・しん）

ノベライズ作家・シナリオライター。別名義である十和田眞（まこと）の名前で『恋愛台風』を執筆、小説家デビュー。「NARUTO」「東京喰種」シリーズのノベライズを担当。SGL『ジャックジャンヌ』では、石田スイ氏と共にシナリオを執筆。また、奥十（おくと）の名前で漫画家としても活動する。

上遠野浩平（かどの・こうへい）

一九六八年生まれ。九八年『ブギーポップは笑わない』で第四回電撃ゲーム小説大賞・大賞を受賞し、デビュー。同作はライトノベルの潮流を変え、後続の作家にも多大な影響を与えた。「戦地調停士」シリーズ、「ナイトウォッチ三部作」など著書多数。Jブックスから「JOJO」シリーズのノベライズ『恥知らずのパープルヘイズ　ジョジョの奇妙な冒険より』を刊行。

半田畔（はんだ・ほとり）

一九九三年、神奈川県生まれ。二〇一五年『風見夜子の死体見聞』で第三回富士見ラノベ文芸大賞・金賞を受賞し、翌年同作でデビュー。同年、『海のユーユ』で一迅社文庫大賞・審査員特別賞を受賞、翌年同作を改題した『人魚に嘘はつけない』を刊行。他、『怪異探偵の喰加味さんは悪意しか食べない』『ひまりの一打』など。

柴田勝家（しばた・かついえ）

一九八七年、東京都生まれ。二〇一四年、『ニルヤの島』で第二回ハヤカワＳＦコンテスト大賞を受賞し、デビュー。一八年、「雲南省スー族におけるＶＲ技術の使用例」で第四十九回星雲賞日本短編部門受賞。代表作に『ヒト夜の永い夢』『アメリカン・ブッダ』など。ＳＦジャンルを中軸に活躍する。

本書は、「ＪＵＭＰ ｊ ＢＯＯＫＳ公式ｎｏｔｅ」二〇二〇年七月～二〇二一年九月に配信された作品に、書き下ろしの「拝啓コロナさま」を加えたオリジナル文庫です。

本文デザイン／坂野公一（ｗｅｌｌｅ ｄｅｓｉｇｎ）

集英社文庫　目録（日本文学）

柳澤健　1974年のサマークリスマス 林美雄とパックインミュージックの時代
柳田国男　遠野物語
矢野隆　蛇衆
矢野隆　慶長風雲録
矢野隆　斗棋
山内マリコ　パリ行ったことないの
山内マリコ　あのこは貴族
山川方夫　夏の葬列
山川方夫　安南の王子
山口百恵　蒼い時
山崎宇子　ラブ×ドック
山崎ナオコーラ　「ジューシー」ってなんですか?
山田詠美　メイク・ミー・シック
山田詠美　熱帯安楽椅子
山田詠美　色彩の息子
山田詠美　ラビット病

山田かまち　17歳のポケット
山田裕樹・編　智に働けば 石田三成像に迫る十の短編
山田吉彦　ONE PIECE勝利学
山中伸弥 畑中正一　ひろがる人類の夢 iPS細胞ができた!
山前譲・編　文豪の探偵小説
山前譲・編　文豪のミステリー小説
山本一力　銭売り賽蔵
山本一力　戌亥の追風
山本兼一　雷神の筒
山本兼一　ジパング島発見記
山本兼一　命もいらず名もいらず(上) 幕末篇
山本兼一　命もいらず名もいらず(下) 明治篇
山本兼一　修羅走る 関ヶ原
山本文緒　あなたには帰る家がある
山本文緒　ぼくのパジャマでおやすみ
山本文緒　おひさまのブランケット

山本文緒　シュガーレス・ラヴ
山本文緒　まぶしくて見えない
山本文緒　落花流水
山本雅也　キッチハイク!　突撃!　世界の晩ごはん ～アンドレアは素手でパリージャを焼く編～
山本雅也　キッチハイク!　突撃!　世界の晩ごはん ～ソフィーはタジン鍋より圧力鍋が好き編～
山本幸久　笑う招き猫
山本幸久　はなうた日和
山本幸久　男は敵、女はもっと敵
山本幸久　美晴さんランナウェイ
山本幸久　床屋さんへちょっと
山本幸久　GO!GO!アリゲーターズ
唯川恵　さよならをするために
唯川恵　彼女は恋を我慢できない
唯川恵　OL10年やりました
唯川恵　シフォンの風
唯川恵　キスよりもせつなく

集英社文庫　目録（日本文学）

唯川恵　ロンリー・コンプレックス
唯川恵　彼の隣りの席
唯川恵　ただそれだけの片想い
唯川恵　孤独で優しい夜
唯川恵　恋人はいつも不在
唯川恵　あなたへの日々
唯川恵　シングル・ブルー
唯川恵　愛しても届かない
唯川恵　イブの憂鬱
唯川恵　めまい
唯川恵　病む月
唯川恵　明日はじめる恋のために
唯川恵　海色の午後
唯川恵　肩ごしの恋人
唯川恵　ベター・ハーフ
唯川恵　今夜 誰のとなりで眠る

唯川恵　愛には少し足りない
唯川恵　彼女の嫌いな彼女
唯川恵　愛に似たもの
唯川恵　瑠璃でもなく、玻璃でもなく
唯川恵　今夜は心だけ抱いて
唯川恵　天に堕ちる
唯川恵　手のひらの砂漠
湯川豊　須賀敦子を読む
行成薫　名も無き世界のエンドロール
行成薫　本日のメニューは。
行成薫　僕らだって扉くらい開けられる
雪舟えま　バージンパンケーキ国分寺
雪舟えま　緑と楯ハイスクール・デイズ
柚月裕子　慈雨
夢枕獏　神々の山嶺(いただき)(上)(下)
夢枕獏　黒塚 KUROZUKA

夢枕獏　ものいふ髑髏(どくろ)
夢枕獏　秘伝「書く」技術
養老静江　ひとりでは生きられない ある女医の95年
横幕智裕 周良貨／能田茂・原作　監査役 野崎修平
横森理香　凍った蜜の月
横森理香　30歳からハッピーに生きるコツ
横山秀夫　第三の時効
吉川トリコ　しゃぼん
吉川トリコ　夢見るころはすぎない
吉川永青　闘鬼 斎藤一
吉木伸子　あなたの肌はまだまだキレイになる スーパースキンケア術
吉沢久子　老いをたのしんで生きる方法
吉沢久子　老いのさわやかひとり暮らし
吉沢久子　花の家事ごよみ 四季を楽しむ暮らし方
吉沢久子　老いの達人幸せ歳時記
吉沢久子　吉沢久子100歳のおいしい台所

集英社文庫　目録（日本文学）

集英社文庫　目録（日本文学）

わかぎゑふ　大阪弁の秘密
わかぎゑふ　大阪人の掟
わかぎゑふ　大阪人、地球に迷う
わかぎゑふ　正しい大阪人の作り方
若桑みどり　クアトロ・ラガッツィ(上)(下)　天正少年使節と世界帝国
若竹七海　サンタクロースのせいにしよう
若竹七海　スクランブル
和久峻三　夢の浮橋殺人事件　あんみつ検事の捜査ファイル
和久峻三　女検事の涙は乾く　あんみつ検事の捜査ファイル
和田秀樹　痛快！心理学　入門編　―なぜ僕らの心は壊れてしまうのか
和田秀樹　痛快！心理学　実践編　―どうしたら私たちはハッピーになれるのか
渡辺淳一　白き狩人
渡辺淳一　麗(うるわ)しき白骨
渡辺淳一　遠き落日(上)(下)
渡辺淳一　わたしの女神たち
渡辺淳一　新釈・からだ事典

渡辺淳一　シネマティク恋愛論
渡辺淳一　夜に忍びこむもの
渡辺淳一　これを食べなきゃ
渡辺淳一　新釈・びょうき事典
渡辺淳一　源氏に愛された女たち
渡辺淳一　マイセンチメンタルジャーニィ
渡辺淳一　ラヴレターの研究
渡辺淳一　夫というもの
渡辺淳一　流氷への旅
渡辺淳一　うたかた
渡辺淳一　くれなゐ
渡辺淳一　野わけ
渡辺淳一　化身(上)(下)
渡辺淳一　ひとひらの雪(上)(下)
渡辺淳一　鈍感力
渡辺淳一　冬の花火

渡辺淳一　無影燈(上)(下)
渡辺淳一　孤舟
渡辺淳一　女優
渡辺淳一　仁術先生
渡辺淳一　花(はな)埋(うず)み
渡辺淳一　男と女、なぜ別れるのか
渡辺淳一　医師たちの独白
渡辺将人　大統領の条件　アメリカの見えない人種ルールとオバマの前半生
渡辺優　ラメルノエリキサ
渡辺優　自由なサメと人間たちの夢
渡辺優　アイドル　地下にうごめく星
渡辺雄介　MONSTERZ
渡辺葉　やっぱり、ニューヨーク暮らし。
渡辺葉　ニューヨークの天使たち。
綿矢りさ　意識のリボン

＊

集英社文庫 目録（日本文学）

集英社文庫編集部編 短編復活
集英社文庫編集部編 短編工場
集英社文庫編集部編 おそ松さんノート
集英社文庫編集部編 はちノート—Sports—
集英社文庫編集部編 短編少女
集英社文庫編集部編 短編少年
集英社文庫編集部編 短編学校
集英社文庫編集部編 短編伝説 めぐりあい
集英社文庫編集部編 短編伝説 愛を語れば
集英社文庫編集部編 短編伝説 旅路はるか
集英社文庫編集部編 短編伝説 別れる理由
集英社文庫編集部編 味覚の冒険 短編アンソロジー
集英社文庫編集部編 患者の事情 短編アンソロジー
集英社文庫編集部編 よまにゃノート
集英社文庫編集部編 よまにゃ自由帳
集英社文庫編集部編 短編宇宙

集英社文庫編集部編 STORY MARKET 恋愛小説編
集英社文庫編集部編 よまにゃにちにち帳
集英社文庫編集部編 短編ホテル
青春と読書編集部編 COLORSカラーズ
短編プロジェクト編 非接触の恋愛事情

集英社文庫

非接触の恋愛事情

2021年12月25日　第1刷　　定価はカバーに表示してあります。

編　者　短編プロジェクト
著　者　相沢沙呼　北國ばらっど　朱白あおい
　　　　十和田シン　上遠野浩平　半田 畔　柴田勝家
発行者　徳永 真
発行所　株式会社 集英社
　　　　東京都千代田区一ツ橋2-5-10　〒101-8050
　　　　電話　【編集部】03-3230-6095
　　　　　　　【読者係】03-3230-6080
　　　　　　　【販売部】03-3230-6393（書店専用）
印　刷　大日本印刷株式会社
製　本　大日本印刷株式会社

フォーマットデザイン　アリヤマデザインストア　　マークデザイン　居山浩二

ISBN978-4-08-744334-9 C0193